사람과 청개구리

사람과 청개구리

權重讚 지음

책과나무

지은이의 말

1980년 인천에서의 첫 수업은 아직도 생생하게 기억난다. 나의 수업 인생은 그렇게 시작되었고 어느덧 36년이 흘러 퇴직을 바라보고 있다. 이 일 저 일 돌보랴 퇴직할 날이 까마득하게만 느껴졌는데 막상 퇴직하는 내 모습을 마주하려니 아쉬움만 남는다. 사회도, 교육 정책도 내 인생의 역사를 따라 때로는 긍정적인 힘을 갖기도 했고, 때로는 암울한 변화를 가져오기도 했다. 사회인, 특히 교사로 산다는 건 참으로 녹록치 않은 일이었다. 현실적인 문제에 부딪힐 때마다 또 다른 대안으로 생각한 것이 머릿속에 순간 떠오르는 단어 조각들을 노트에 끄적이는 것이었고 이는 스트레스를 해소하는 데 많은 도움이 되었다.

그렇게 내 안식 노트의 산이 쌓여 갈 무렵, 주변에서 출간을 해 보라며 응원의 손길을 내밀었다. 나는 전문적으로 시를 쓰는 사람도 아니고 자연과학 교사이다 보니 문학적인 소질에 대한 확신이 들지 않아 두려운 마음이 앞섰던 게 사실이다.

그러나 고민을 거듭하다 보니 내가 쓴 내 인생을 하나하나 되짚어 보는 마음이라면 충분한 자격이 되지 않을까 감히 생각했다. 이 시집은 그렇게 탄생하게 된 것이다.

직장인이라면 누구에게나 나름의 고뇌와 스트레스가 있다고 본다.

책 앞부분의 시는 어릴 적 친구들과의 추억, 고향에 계신 부모님과 가족의 그리움을 담았고 뒷부분은 사회인으로서, 가장家長으로서 버겁게 살아가는 나의 모습을 가감 없이 담으려고 했다. 누군가의 인생을 따라가다 보면 나와 비슷한 흔적을 찾기 마련이듯 내가 쓴 시도 누군가에게 그랬으면 한다. 내 인생의 시는 지금도 계속 쓰이고 있다. 또 나와 같은 행로에 발을 내려놓고 자신의 소임을 위해 끊임없이 노력하는 분들이 이 세상에는 많을 거라 여긴다. 그 분들이 쉬이 공감할 수 있다면 더 바랄 것이 없겠다.

책이 나오기까지 도움을 준 친구들과 동료 선생님들께 감사드리며, 근무해 오는 동안 연緣이 없어 재단 종교와는 직접 관련은 없지만 상생相生이란 재단(종단) 슬로건은 나에게 많은 감동을 주었고, 보잘 것 없는 촌뜨기에게 지금까지 의식주 걱정 없이 근무할 수 있게 한 학교 재단 측에 큰 고마움을 전하고 싶다.

마지막으로 매사에 있어 다소 고지식하게 행동하는 내 뜻을 따라 준 가족들께도 고마움을 전한다.

_ 2016년 11월

시골 농막에서 권 중 찬

차 례

사람과 청개구리

개구리 청개구리는 파란 잎

찾아 들어가 잘도 사네

개굴개굴 한평생

아들 딸 낳고 한평생

아무 탈 없이 한평생

순리대로 한평생

사람은 우자愚者는 자기 색色도

모르면서 좋은 자리만 찾는다네

자리보전 한평생

걱정 속에서 한평생

비굴로서 한평생

욕심 부려 한평생

만법萬法은 가까이에

도법道法은 자연自然인걸…

_ 1986년 7월, 비오는 날에.

교육은 자기 색깔을 찾아가는 과정이기도 하다.

누님과 복숭아

밤중에 한밤중에

복숭아를 사러 갔다

아껴 바른 동동 구리무(크림) 향기 품고서,

동네 처녀 여럿 모여 복숭아를 사러 갔다

보리쌀 한 됫박을 머리에 이고

시집간 내 누님도 함께 갔었지

별빛에 달빛에 길 물어 가며

개울 건너 윗마을로 함께 갔었다…

먼 길 떠난 어머님 대신 고생한 큰 누님,

호랑이 아버님 눈길 피하여

챙겨둔 보리쌀 머리에 이고,

동생들 줄려고 함께 갔었지

별빛에 달빛에 길 물어 가며

비탈길 따라서 복숭아를 사러 갔다…

_ 1986년 8월,

시집간 누님과 보리쌀 보자기를 생각하며…

옛날 동네 처녀들은 낮에는 일로 바쁘기도 하고 벌건 대낮에 처녀들끼리 모여 다니기가 눈치 보여 밤에 곡물을 들고 나가 복숭아를 사 오곤 했다.

산딸기 따기

빼빼선* 손잡이의 찌그러진 주전자로

양지쪽 비탈 산 소꿉동무(주천이, 정희, 민식이, 돌이…)

졸망 모여 산딸기를 따러 갔다

가시가 찔러도 아픈 척하지 않고

목이 말라도 산짐승 나올까 봐 말 한마디 못하고서

딸기 물만 아껴 아껴 마시곤 했지

그날도 뻐꾹새는 뻐꾹 뻐꾹 울었다

* 6.25때 사용하던 야전용 전화선. 질겨서 가정에서 많이 애용함.

진달래

해마다 해마다 봄볕이 오면

뒷골(곡谷) 무덤가 넓직 바위 옆 진달래

설 끝 문어 다리, 가래떡 먹어 가며

아름아름 꺾어서

내려오곤 했었지

내 어린 시절은 풍요롭게 지나갔다

_ 1989년.

대명절인 설을 쇠고 진달래 피는 4월이 오면 나는 친구들이랑 함께 뒷동산에 올라 차례를 지내고 남은 마르고 마른 문어 다리에 가래떡, 낙지 다리 같은 것들을 정답게 나누어 먹었다. 그 시절의 아련한 기억은 봄이 올 때마다 절로 가슴에 되새겨지곤 한다.

아버지와 수박

오릿 길 장날에 수박 한 덩이
장닭 팔고 콩 팔아 큰놈 골랐지

나이론 줄 꼭꼭 묶은 거북 등 손으로
비지땀 훔쳐 가며 가지고 와서

여름 밤 모깃불 번져 갈 때에
부엌 큰 칼 멍석 마당 쪼개 놓았다

할머니 큰 쪽 나 반쪽
여덟 식구 조각조각 배가 불렀다

_ 1989년.
여름 방학 때 너무 흔한 수박을 보며.

나는 위선자

사회생활을 하면서 때로는 적당히 타협도

해야 했고, 교통법규도 어겼고,

한잔 먹고 전봇대 뒤에서 오줌도 쌌다

사기꾼 기질도, 잘난 척도 했다

처자식 먹여 살리려고 했다. 우짤끼고…

지금도 또 합리화…

양딸기

주인主人은 어디 가고 객客들만

모였구려

색色이 좋아 향香도 좋을는지…

_ 1989년, 어느 날에 시류 따라가기 벅참을 절감하며…

객客이 주인이 되고 주인이 객이 되고 우리 것과 남의 것이 마구 뒤섞이는 세상이 되었다. 앞으로는 사람들도 많이 섞이겠지?

만약 한 학교에 2명의 미술 교사가 필요하다면 1명은 우리 미술 전공 교사(50%), 1명은 타 국가 미술 전공 교사(50%)로 배정하는 것이 좋을 듯싶다. 음악(국악), 음식, 식물, 동물, 산, 강, 선비 정신 등등 우리 것을 반은 가르쳐야 먼 나중에 우리가 누구인지 알지 않겠는가? 우리 부부도 결혼한 지 얼마 안 되었을 때 김치, 된장, 간장을 담글 줄 몰라 많이 답답했을 때가 있었다. 거기다 막걸리, 호박엿, 묵, 약감주까지 만들 수 있다면 금상첨화錦上添花가 아니겠는가?

바보가 주름잡는 세상

남이 자기를 이용해도
말 한마디 못하고 이용당하는 등신…
남들은 1-2년 만에 좋은 머리 굴려 땅도 사고 집도 사고
엑셀 승용차도 사는데 15여 년 봉급생활해도
버스 토큰 아까워
걸어 다니는 병신 새끼
남들은 머리띠 두르고 권리도 주장하고
옳고 그름을 판단할 줄 아는데
자기는 뭐가 뭔지 전혀 모르고
두 눈만 꺼벙 꺼벙 거리는 꺼벙이
이런 바보가 주름잡는 세상은 언제 올까…?

_ 교직 사회의 갈등을 보며.

시험 망쳤어요

서언생님 요번 시험 망쳤어요

왜?

공부는 많이 많이 했는데 우철이보다 못 봤어요

당연한 거 아니가

너는 잘생겼고 여학생들한테 인기도 많잖아

공부까지 못하면 우철이는 억울해서 어찌 사노…

그런 게 어딨어요 민수는 얼굴도 잘생겼고 공부도 잘하잖아요

그런 게 있다 민수는 발가락에 무좀이 심하잖아

하하하하하하하하하하하…

_ 1989년 12월, 기말고사 중에

모두들 열심히 했으면 됐다 됐어…
대자연은 너희 각자의 그릇에 맞는 것을 내어주기 위해 너희들을 지켜보면서 하나하나 인생 장부에 기록하고 있을 것이다. 그 누구도 이 평가에서 벗어날 수 없다. 그러니 더 열심히 하자꾸나.

최고의 그림이란

잘 그리겠다는 욕망도 없이

못 그리겠다는 생각도 없이

그저 물이 흘러가듯

붓 가는 대로 무심히 붓을 잡아

무심히 그렸을 때 그것이 명작이 아닐는지…

_ 1990년 4월 4일.

보너스 타는 달

기다리고 기다리던
보너스 타는 달
마누라는 박 박 박
아들들은 삐약 삐약

대공원 코끼리 돌고래 쇼도 보여 주고
미장원도 갈 수 있고 부롯찌도 사 주겠다

9월은 신나는 달
본봉을 두 배나 받는 달

수도세, 전기세, 가스비, 주택부금…
모두 모두 낼 수 있고 마음 놓고 낼 수 있어
나는 행복해, 행복해…

_ 1990년 9월, 전셋집에서.

뼈

살점보다 나은 물건

이거라도 오래오래

남겨야지…

_ 1990년 11월.

목단牧丹 꽃

아직은 없지만

언젠가 있을

내 작은 산가山家에 가득 심고 싶은 꽃

고려 시대 여인을 연상케 하는 꽃…

_ 1991년 3월.

청량리 경동시장 1

청량리 시장에 갔다

마누라와 두 아들놈하고 버스도 타고, 택시도 타고

미꾸라지, 가물치, 자라, 남생이, 개구리를 봤다

아들놈이 개구리를 가장 좋아하길래 일천 원에

두 마리 샀다. 술 담는 병에 두고 보니 매우 신기했다

세상이 참 희한하다

이 겨울에 산(살아 있는) 개구리를 잡아다 팔다니…

_ 1991년 12월 8일, 흐린 날에.

청량리 경동시장 2

누룩을 샀다
가게에서 파는 막걸리는 통 맛이 안 난다
가짜 술을 마시며 얘기해 봐야 가짜 얘기밖에
할 수 없다. 마누라에게 사정사정하여
막걸리를 빚어 친구와 털어놓고 마셨다
영원히 이렇게 이렇게 하며 살자고…

용꿈 꾼 아저씨

12년 봉급생활에

아파트 당첨된 아저씨

열네 번째도 탈락되어

신경질이 나 뒷산 꼭대기 올라가서

동서남북 하늘 보고 개새끼. 개새끼. 개새끼. 개새끼

소리쳤더니만

열다섯 번째는 대번에 당첨됐네

확실히 욕도 필요해 그러나 입주금이 걱정…

_ 1992년 봄.

진달래 주酒

봄밤 진달래 붉어 붉어지고

항아리 꽃술은 바닥났건만

벗과의 인생人生 얘기 끝이 없어라.

_ 1994년 4, 5일.

단소

서민庶民의 소리

없어도 배가 부른 소리

멋과 풍류는

돈 없이도 할 수 있는

우리 할배가 준 선물…

_ 1995년, 가을에.

2월의 남애 해수욕장

파도 소리…

우정, 바람, 시간, 흔적, 모래 옆 개똥은 섭섭

근심, 외로움 모두 담아 와 놓고서도

남 앞에선 겨울 바다 참 좋더라…

_ 1997년 2월,

장 선생님, 이 선생님과 동해 바다로 놀러 갔다 와서…

교육부 장관께

만 가지 소리소리 접어 두고

교육 환경부터 개선하시오.(학생 수, 시설, 교재…)

그것도 형편에 맞게 천천히 천천히…

미천한 생물도 환경 따라 변하는데

하물며 인간이야 말하면 뭣하리요.

열린 환경 주면 열린 교육하고 닫힌 환경 주면

닫힌 교육하고 지금처럼 어중간한 환경이면 어중간한

교육합니다. 교사들이 등신인 줄 압니까?

60~70년대에 교사 집단보다 더 지적知的인 집단 있습니까?

왜 분필 한 자루 들고 집단 교육했습니까?

그 환경에는 그 방법이 가장 적절했기에

그 방법을 택한 겁니다. 미국, 영국, 독일… 교사들도

마찬가지였을 거요…

페스탈로치는 아마 자기 식대로 한다고 도망갔을 테고요…

이제 입시 경쟁은 우리도 싫소이다.
교사다운 교사가 되도록 그런 환경
만들어 주시오. 영국 교육이 좋으면
영국 환경 만들어 주고 미국 교육이
좋으면 미국 환경 만들어 주면 됩니다.
환경 고칠 자신 없으면 고칠 때까지
떠들지 말고 조용히 국민들 설득이나
하는 게 낫지요…
돈도 학교에는 끌어들이지 마시오.
중요한 교과도 덜 중요한 교과도
공교육에는 없는 거요(공교육 속에서 경쟁은 필요하겠지요).

공교육 교사에게는 학생 개개인의 모든 것이
기록된 생활기록부(성적, 세밀한 행동 누가 기록, 수상, 출결,
가족 관계, 특기, 특징 등등…)
내용만 충실하면 되고 세밀히 작성만 하면 됩니다.
그런 일만 할 수 있게 해 주시오.
보충수업도, 자율 학습도, 특기 적성도, 누가 하자 했습니까?
대학 가는데 왜 고등학교 교사가 원서, 추천서,
써야 합니까 뽑는 자가 알아서 해야 할 일을?

우리는 생활기록부만 상급 학교나 사회에
보내기만 하면 되도록 해 주시오.
그런 환경만 만들어 주시오…

_ 1998년 4월, 열린 교육이 좋다란 말을 듣고…
고등학교 3학년 학생 55명의 담임이었던 시절 이야기다.

빵

//
/

양심껏 구하기란

꽤 힘 드는 물건이지

이것이 해결되는 날

두 나래로 훨훨 날으리라

양심良心

자기를 속이지 않는

순수한 마음과 행동

할 수만 있다면

지구촌은 천국…

부자富者 1

나는 부자다

그것도 따블 부자(二父子)

두 아들이 있으니까…

부자富者 2

나는 재물財物이 많다

IMF가 와도 걱정 안 돼

내어다 팔 물건이 수도 없이 많으니까…

리모콘 칼라 TV, 록스타(자동차 이름)

오디오, 비디오,

핸드폰, 컴퓨터…

꼬부랑글씨 모두 팔아

옥양목, 솜이불(의衣)

감자, 보리쌀(식食)

가마솥, 구들장과(주住)…

바꾸면 이문利文 남지

우리 할머니 하신 말씀

등 뜨시고 배부르면

세상 걱정 없다 했네

그 말씀 한 가지만

꼭꼭 간직하면

나는 큰 부자일세

아파트 옥상에서 낚시 드리우고

서울은 물바다

하늘이 뚫렸나 왜 이리 비가 오나

논현동, 청담동, 성수동, 성내동

모두 모두 잠겼다

논현동은 논이 됐고, 청담동은 담수호 됐고,

성수 성내동은 물과 내를 이루었다…

할아버지 하신 말씀

이름을 잘 지어야 성공하지

아무렇게 지어 붙이면 이렇게 되지

그날은 일천 구백 구십 구년 구월 십일 일

_ 1999년 9월 11일.
홍수에 청담동, 논현동, 성내동, 성수동이 잠겼다.
본뜻은 다르겠지만 어감語感이 물과 관련이 있는 듯하여.

어느 아저씨의 5월 추억

해마다 라일락 향 코끝 스밀 때면

27년 전 캠퍼스 그녀가 생각난다

포플린 원피스에 가는 허리는 바람 따라

살랑살랑 나를 사로잡았다

그날도 오늘처럼 향기 퍼져 오면

골목길 막걸리 집은 대단했었지…

모르는 원서 끼고 폼도 잡아 가며

꿈, 낭만, 통기타를 술잔에 가득 담아

횡설수설 그녀 앞 어쩔 줄을 몰라 했지

이 해年도

라일락 향은 또 스쳐 지나간다

색 바랜 아저씨 옆을…

_ 2000년 5월, 중간고사 기간 중에.

우리 교육

해방 이후 수십 번

골백번 바꿨는데

본질은 그냥 둔 채 껍질만 바꿨다네

사회 환경(학벌, 지연, 학연, 명문…) 그냥 둔 채

바꿔 봤자 그것이지

교육 환경(학생 수, 시설, 교재…) 낙후한데

바꿔 봤자 별수 있나

환경부터 바꾼 후에 뽑는 방법 바꿔야지

거꾸로 하다 보면 혼란만 가중되지

장관만 바꾼다고 될 리가 있겠는가?

느긋하게 해야 될 걸

빨리빨리 한다 해서 될 리가 만무하네

이 일을 어찌할꼬

교육 이민 어찌할꼬

좁은 국토 살길은 교육밖에 없다는데

이 일을 어이할꼬 우리 교육 어이할꼬…

_ 2000년 11월,

교육부 장관이 한두 달 만에 교체되는 것을 보고.

친구가

자네 왜 사는가?

꿈 때문에 살지

그 꿈이 왕회장 같은 재벌가?

그것은 새 발의 피다

대통령 같은 정치가?

그건 모기 발의 워크(군화)다

피카소 같은 예술가?

소크라테스 같은 철학자?

부처님 같은 성인?

그런 거면 마누라한테 혼나지

그러면 뭔데. 내 꿈은

별밤, 달밤, 동짓달 긴긴 밤에

남이 써 놓은 책이나 읽는 것

마음 놓고 속박 없이…

마음 벗어 놓고 구속도 없이…

_ 2001년 3월에.

호박씨

인간人間은 모두 거짓말쟁이

뒤로는 호박씨 까는 동물

다만 정도의 차差만 있을 뿐…

1962년도의 방물장수

바람은 서늘 불고 감잎은 떨어지고
까치는 깍깍 똥개는 멍멍멍…
저기 가는 저 젓갈 장수 이리 와 앉으시고
중절모 독장수도 이리 와 앉으시게

굽이굽이 가는 인생 오늘은 쉬어가세
뚝사발 탁배기 철철철 부어 갖고
정지신도 조금 주고 뒷간 신도 조금 주어
맺힌 원망 풀게 한 뒤 한잔들 하고 가세…

_ 2001년 3월, 산조 대금곡 '중모리'를 연상하면서.

나쁜 놈

사람들께 사카린 단물로 길들여 놓고

느닷없이 쓴 쑥물 먹게 한 놈

빚 갚는 방법은 국화빵, 검정 고무신, 허리띠가

먼저인데 담보 잡혀 놓고 남 돈 갚겠다는 놈

있는 일터도 관리 못하면서

이 산 저 바다 배 갈라놓고 일자리 준다고 떠드는 놈…

동네 우물 옆에 Love 호텔, 골프장 허가해 놓고

물 오염된다고 떠드는 놈

큰 도박장(경마, 카지노, 증권) 구경시켜 놓고

도박 나쁘다고 헛소리하는 놈

고층 아파트 허가해 줄 때는 언제고

북한산, 도봉산, 수락산 가려진다고

지껄이는 놈도 나쁜 놈

그 옛날 김구 선생께서

외침은 막을 만하고 양식은 꾸러 가지 않으면 되고

고도의 문화 민족이면 족하다 하셨는데

이 일을 어이할꼬…

금수강산 어이할꼬…

_ 2001년 4월.

IMF는 누가 오게 한 것인가? 참으로 나쁜 사람들이로다. 허구한 날 잘살게 한다 해 놓고선 이게 무슨 참사던가. 옛날 어르신들은 단것만 먹다가 갑자기 쓴 것을 먹으면 죽는다고 하였다. 아마도 앞으로 명命대로 못 살고 죽는 자가 많이 나올 것이다.

로또 복권에 당첨되면

광화문 네거리에 논을 뜨겠다

봇물 흘러 보내 개구리, 미꾸라지

벼를 심어 메뚜기, 서울역 노숙자

함께 살게 하겠다

왜 하필 광화문?

인왕산 삼청동 물이 그나마 깨끗해야 하니…

_ 2001년 4월.

서울의 중심인 인왕산 삼청동 물이 맑아야 우리나라 전 하천과 계곡물이 맑아진다…

청성곡

가을 하늘 저 멀리에 기러기는 날아가고
산등성 억새풀은 소슬바람에 일렁인다
이 해도 저무는데 형제들은 무얼 할꼬

이십 대 상경하여 쉴 새 없이 살다 보니
어느덧 불혹 넘어 오십 줄에 다가섰네
앞으로 남은 인생 새롭게 살다 가리
젓대 통 벗을 삼아 속박 없이 살다 가리…

_ 2001년 5월, 대금 곡 '청성곡'을 연상하면서.

고려 시대 군가軍歌

솔바람 분다 산새도 함께 날고
들새도 함께 난다 날아간다
녹음방초 싱그럽고 하늘엔 흰 구름 흘러간다
얼씨구 좋다 절씨구 좋다
어서 가자 저 산 너머로 어서 가자 저 언덕으로
쏜살같은 말 탄 병사는 우 장군 호위하고
빼어난 키 깃발 수는 휘장 더 높이 날려라
볼 불룩 나팔수는 행진곡 불어라
빤빠 빤빠 빤빠빠…
둥둥둥 둥둥둥 큰북도 울려라

우리 병사 돌진하면 적들은 혼비백산
걸음아 날 살려라 달아나기 바쁘구나
어서 가자 어서 가자 용맹스런 우리 군병
이 강산 호위하여 자손만대 영원하리…

_ 2001년 5월, 대금 곡 '군악'을 연상하면서.

장수長壽를 기원하며

문득 구름 일어나서 한 방울 비가 되어
두릉촌 옥토 위에 소리 없이 떨어졌네
대지의 기운 받고 천지의 진동으로 인간 씨가
싹이 텄네
앞내 뒷산 초목들의 우애 있는 벗이 되어
소년 시절 잘도 넘네
왁자지껄 인간 세상 중년 시절도 넘어가네
마지막 인간 허물 노년 시절 넘어 보세

어얼 저얼씨구 넘어 가세 넘어 가세…
청춘 남녀들아 겨루어 보자꾸나
머리는 백발이나 마음은 이팔에 청춘일세
마흔에 첫아들 낳고 예순에 둘째 낳고 잘 넘어간다
이 어찌 청춘이 아닐쏘냐 여든 고개도 넘자
훌쩍 넘어간다
아흔에 삼천 평 논밭 갈아 곡식 거두니
마당이 가득하네 얼씨구 좋다. 백 고개도 금세 넘네

백 이십에 청풍명월 벗 삼으니 신선이 따로 있나

내가 바로 신선일세 만물이 하나 되고 내가 곧 만물 되네

마음이 구름이면 곧바로 구름 되고

내 뜻이 바람이면 곧바로 바람 되네

삶도 죽음도 모두 모두 없어졌네

내가 곧 자연이요, 자연이 곧 나일세

바위 꽃 벌 나비 안 되는 것이 없어졌네

거칠 것이 없어라 거칠 것이 없어라

천지의 기운으로 문득 구름 일어났네

한 방울 비가 되어 온데로 흩어지니

만물이 하나 됐네. 만물이 하나일세

_ 2001년 8월, 대금 곡 '수연장壽延長'을 연상하면서.

걱정 없는 우리 인생

봄바람 살랑일 때 꽃 찾는 나비 되어 산도 넘고 물도 건너
무릉도원 찾아가서 별천지 신천지 한바탕 살다 오고

찌는 듯 한더위엔 높디높은 폭포 되어 쿵 탕 풍 탕 내려오며
얼큰히 살아보세…

울긋불긋 단풍철엔 근심 걱정 싸 가지고 금강산 맑은 물에
훌렁훌렁 씻어 내어 새 옷 입고 살아 보고

동짓달 긴긴 밤엔 새하얀 눈이 되어 원망 미움 덮어 두고
깨끗이 살아 보세

짧디 짧은 우리 인생 걱정 없는 우리 인생 이승 저승 구분 없이
한바탕 살다 가세…

_ 2001년 8월, 산조 대금 곡 '중중모리'를 연상하면서.

부자 꿈 허망한 꿈

금리 싸다 은행 돈 빌리기 좋아 마라
언제 어느 순간 안 올릴 리 있겠는가?

경기景氣 활성活性 구호 아래
소비 조장 들어 있고
큰 장사꾼 인심 뒤엔
싹쓸이가 들어 있다
부동산 증권도 그랬고, 카지노 카드도 그랬었다

부자 꿈 허망한 꿈
자꾸자꾸 꾸다 보면
무시무시 한강철교 꼭대기가 다가오고
돈 돈 큰 돈, 자꾸자꾸 생각하면
아파트 베란다 뛰어내릴 일 생긴다네
한두 번 당했으면 버리는 게 천수天壽라네

그저 그저 한평생 밥 먹으면 그만이지

그저 그저 남은 인생 맘 편하게 살다 가게…

_ 2002년 1월, 은행 융자를 많이 하는 걸 보면서. 그 이후로 많은 사람들이 돈 때문에 뛰어내려 죽었다. 유명 인사들까지도… 암울한 시대의 자화상이다.

건방진 똥 덩어리

똥 덩이 똥 덩어리
하도 하도 단단하여
낙동강 물 3년 동안 흘러 흘러 내려가도
풀리지를 않는구나

사람도 이와 같아
원망 미움 가득 속에 고착화된 나쁜 성격
이삼 년 흘러가도 풀리지를 않는다오

흉물스런 그 몰골로 세상 오염 강물 오염
여러 사람 애먹이며 여러 사람 물들이며

똥 덩이 똥 덩어리
건방진 똥 덩어리
낙동강 물 3년 동안 흘러 흘러 내려가도
풀리지를 않네 그려…

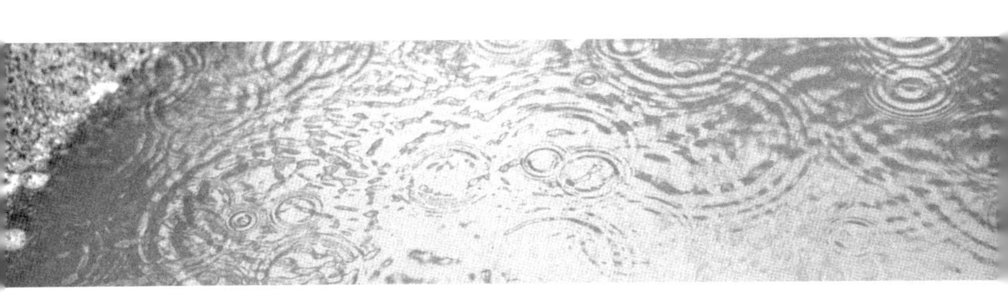

_ 2002년 3월, 사람 때문에 스트레스 받던 날.

아이구 좋아라

교단 생활 20여 년 하도 속아 못 믿던 중
이것이 웬 일인가
이것이 웬 떡인가

학급당 학생 수 맨날천날 줄여 달라
학급 수 늘여 달라 볼 때마다 말했건만
돈 없어 못 줄이고 땅 좁아 못 늘이고
그 소리 딱지 되어 수십 년 굳었는데
이것이 웬 일인가
이것이 웬 떡인가

학급당 학생 수를 몇 달 만에 줄였다네
한 학급당 학생 수 십여 명이나 줄였다네

삐까번쩍 신식 건물 몇 달 만에 지었다네
한 학교당 교실 수 몇 십 칸 늘였다네

아이구 좋아라 정말로 나는 좋네

선심 공사 벼락 공사 그래도 나는 좋아

마음만 먹으면 이렇게 잘하는 걸…

_ 2002년 9월 25일,
2001년보다 편한 수업을 하고 나서…

2001년에 55명이었던 학생이 2002년엔 36명으로 급감했다. 정보화 건물과 학급당 학생 수를 줄인 탓이다.

사람과 머리 회전

머리가 너무 좋아 팽팽팽 돌아가는 머리
시동을 꺼도 헛돌아 가니 그런 머리는 돌머리

머리가 하도 좋아
한참 동안 안 돌리다가 다급할 때 돌리는 머리
그 머리 얄팍 머리 그 머리도 돌머리

왜 그리 바쁜지
테이프도 별로 길지 않으면서 후다닥 끝까지 돌려놓고
처음부터 풀어서 다시 돌리고 돌리는 머리 그 머리도 돌머리

나 같은 꺼벙이는
테이프도 짧고 늦게 돌아 답답하고 지루하여
기름 쳐야 돌아가니 나도 돌머리

늦게 돌든 빨리 돌든

테이프 길이 정확히 알아 때맞춰 돌리고 돌려

민폐 안 끼치는 머리 그 머리가 사람 머리…

_ 2002년 10월 11일, 공동 업무를 마치고 나서.

대통령 후보라면

더 이상 농토를 훼손치 않겠다

먹지 못한 자者가 생기면 노는 땅에 보리(식食)를 심게 하겠다

원치 않으면 그냥 두겠다 먹음도 먹지 않음도 자유니까

더 이상 산과 강을 자르고 더럽히지 않겠다

입지 못해 떠는 자가 생기면

노는 땅에 목화(의衣)를 심게 하겠다

원치 않으면 그냥 두겠다 입음도 입지 않음도 자유니까

더 이상 집터를 새로 만들지 않겠다

집 없는 자가 있으면

있는 집터 허물고 한 세대 한 가구(주住)만 짓게 하겠다

원치 않으면 그냥 두겠다 집을 가짐도 안 가짐도 자유니까…

더 이상 경제 발전은 절대 시키지 않겠다
실직자가 생기면 있는 터에 의식주 공장만 지어 일하게 하겠다
원하지 않으면 그냥 두겠다 삶도 죽음도 자유니까

먹고, 입고, 자는 곳이 충분한데 무엇이 더 필요한가?
오염 안 된 자연이 최고의 전시장이며 교육장인 것을
잘살려고 잘살려고 공약했건만 진정 잘사는 자 몇이나 되나
흉악범, 불치병, 가난한 자, 빚쟁이, 투기 도박꾼, 성범죄…
늘어만 갔지
이제 물질은 충분하니 제발 한 조각 빵으로 능히 살 수 있는
고도高度의 정신문화 공약만을
물질은 가난해도 해맑은 웃음이 넘실댈 수 있는 공약만을…

_ 2002년 10월 28일, 대선 후보들의 공약을 듣고. 정말 나라와 국민을 잘살게 만드는지 나중에 두고 볼 것이다. 국가 세금이나 안 떼먹으면 다행이겠지.

어설픈 실직자 해결

곶감이 달다 하여 다 빼먹고 나면

나중에 뭘 빼먹지…

실직자 해결(고용 창출)에 가장 좋은 일은 건설 토목일

큰사람(대통령) 바뀔 때마다 고용 창출 고용 창출하면

후손들이 깎을 산과 강은 어디서 보충하나…

_ 2002년 10월.

주먹이 세면 주먹으로 망하고, 부동산으로 경제를 돌리면 부동산으로 망한다. 사람의 얼굴에 이목구비가 있어야 제대로 기능을 수행하듯 한곳으로만 치우치면 나중엔 모두가 망하기 마련이다. 교육도 마찬가지로 다양하게 개성껏 살 수 있게 해야 한다.

바위처럼 바위처럼

살다 보니
말했을 때보다 안 했을 때가
행동했을 때보다 안 했을 때가
더 좋았었다네
바위처럼 바위처럼…

눈비 오면 눈비 맞고
바람 불면 바람 막지 않았을 때가
더 당당했었다네
바위처럼 바위처럼…

동산의 달 간섭 않고
서산의 별 간섭 않았을 때가
더욱 친한 벗이었네
바위처럼 바위처럼…

한 알 한 알 뭉쳐져서(분구필합分久必合)

한 점 한 점 흩어질 때가(합구필분合久必分)

더 아름다운 삶이라네.

바위처럼 바위처럼……

_ 2002년 12월 29일, 한 해를 돌아보며.

수능의 시끄러움

오늘의 시끄러움은 일관성(정신) 없는 교육부의 탓이다. 원래 수능은 변별력을 목적으로 한 고사考査가 아니라 대학 교육의 수학 능력을 목적으로 한 것이었다. 고등학교 공교육을 정상화하고 학생들에게 입시의 부담을 덜어 주고 다양하고 인성을 중시하는 데 기여하도록 하기 위함이었다. 수능이 쉽게 출제되니까 일부 학부모(상위 그룹 및 잘사는 학부모)들이 변별력이 없다고 떠드니 주관(정신 나간) 없는 교육부가 수능을 변별력 중심으로 전환했기 때문에 오늘의 사태를 불러온 것이다. 중요한 것은 올해와 같은 어려운 수능 문제를 잘 푼 학생들이 반드시 우수한 학생들이고 대학 생활도 잘하고 있느냐는 것이다. 오히려 내신 성적 좋은 학생들이 대학 생활을 더 잘하고 있다는 통계도 있다.

변별력을 높이기 위해 금년도나 작년도처럼 문제를 꼬아 낸다면 재수생이 유리한 것은 당연하고 출제 문제가 틀릴 확률도 당연히 높을 수밖에 없다. 그리고 잘못되면 학교 다니는 학생보다 검정고시나 학원 다녀 대학 가는 학생들이 무더기로 생겨날 수도 있다. 만약 그렇게 되어 공교육(학교 내에서 경쟁은 필요하겠지만 학교는 입시 공부만 위해서 있는 것이 아니다. 또 반드시 그렇게 되지 않도록 유도해 나가야 한다.)이 붕괴되면 어떤 사태가 벌어지겠는가? 다양한 인재가 필요한 사회에 수능 점수 하나로 대학을 선발하는 것은 개선할 점이 많다고 본다. 자격 고사로 하느니 안 하느니 이런 말도 교육부 장관은 할 필요가 없다. 수능을 반영하고 안하고는 대학이 그때그때 알아서 하면 된다. 교과서 내용을 충실히 배운 학생이면 누구나 높은 점수를 받아도 문제 될 것이 없다. 언젠가 수능 고사처럼 말이다. 그때도 대학에서 학생 선발하는 데 큰 문제가 없었다. 대학에서 학생 선발은 대학의 문제이다. 고등학교가 책임질 문제가 아니다. 수능이 변별력이 없다면 구술, 논술, 내신, 과목별 가중치 적용, 아니면 중학교 생활기록부까지 참고하여 선발하면 지금보다는 입시 지옥으로 몰지 않고도 선발할 수 있다.

그리고 원칙적으로 대학은 입학하기는 쉬우나 졸업은 일정 능력이 있는 자만이 하도록 해야 한다. 그렇다면 학교 간 차이는 큰 문제가 아닐 수 있다. 공교육을 정상화하고 학생들을 짧은 인생에 있어 빌빌 꼰 문제 푸는 연습시키지 말고 학창 시절만이라도 즐겁게 보낼 수 있게 해 주어야 한다. 절대 다수 국민들은 어려운 수능 문제나 심오한 철학으로 먹고사는 것이 아니다. 평범하고 쉽게 배운 공부로도 능히 해낼 수 있는 직업으로 먹고산다.

교육부여…

국가는 이 기회에 완벽하지는 않더라도 학벌과 간판보다는 법을 지키고 능력과 도덕력으로 사는 사회를 만드는 데 연구, 노력하기 바란다.

_ 2003년 11월 26일,

수능 문제의 정답 시비로 세간이 들끓는 것을 보고 교육부 평가원 홈페이지에 올린 글이다.

내 좁은 생각으로는 대학도 메머드급으로 모두 종합 대학교로 만들기보다는 지역 특성에 맞게 전문대학이나 단과대학을 많이 만들었어야 한다. 예를 들면 제주 대학은 해양·생물 대학으로, 울산 대학은 조선·기계 대학으로, 서울대는 인문 및 순수 과학 대학교로만, 한양대는 공과 대학으로, 순천 대학은 동양 악기 연구 대학, 그 외에도 가축 연구 대학, 치과 대학, 뜸 침 연구 대학 등등으로 허가해 주고 국비 지원금도 그 해당 학과에만 지원하여 세계적인 대학으로 만들었어야 한다. 그랬다면 국가 세금 낭비가 적고 지역 균형 발전과 전문 연구 대학이 될 수 있었을 것이고, 학생 수 감소에 따른 문제점 해결도 수월해졌으리라 생각된다. 만약 서울에 거주하는 학생이 조선·기계 분야에 적성이 맞으면 울산으로, 동양 악기가 적성인 학생은 순천으로 가게 했어야 한다. 종합 대학교는 지역에 맞게 몇 개만 허가해 주어 거점 대학으로 학문 교류의 역할을 하도록 했으면 좋았으리라… 거기에 좀 더 연구하여 학생들끼리도 어떤 교양 과목은 타 대학과 공공 기관에서 강의를 들었어도 학점 인정을 하도록 하면 지금과 같은 대학 서열은 훨씬 완화되고 지역과 학과만 다를 뿐 모두가 서울대급 대학이 되는 데 도움이 되지 않았겠는가?

모두 여왕개미

일개미가 줄어드니 개미 왕국 큰일 났네
배추밭도 갈아야 되고 콩밭도 매야 하는데
원정 출산도, 골프도, 은행 돈 빌려 부동산 투기도
군 입대 빼기도, 자녀 유학 보내기도…
모두 모두 할 줄 모르고 일만 했는데
이제 모두 모두 배웠으니 개미 왕국 야단났네

여왕개미 얄팍 수법手法 모두 모두 배웠다네
여왕개미 꼬임 수법 모두 모두 알았다네
증권의 꼬임도, 부동산 융자도, 카드 사용 권장도
핸드폰, 자동차의 소비도
이런 수법 저런 수법 고高단수 수법도
웬만한 건 다 알았으니

개미왕국 큰일 났네 개미왕국 야단났네

다리도 보수하고 집도 지어야 하는데

모두 모두 한탕 하여 좋은 것만 하려 하네

모두 모두 틈만 나면 여왕개미 되려 하네

어느 누가 일개미 역役을 할꼬

어느 개미 등 굽히는 일을 할꼬

_ 2003년 12월 23일,

군 복무를 거부하여 이중국적을 취득한다는 뉴스를 듣고.

희한한 나라

북한 동포 살린다고 금 내라 세금 내라
뭉칫돈 걷어 놓고 반은 자기들 갖고 반은 동포 줬다
생색내는 나라

부도 기업 살린다고 공적 자금 걷어 놓고 반은 기업 주고
반은 자기들이 빼앗아 결국 또 부도나게 하는 나라

받은 돈 들통나니 돌려주면 괜찮은 양
버젓이 다니게 하는 나라 희한한 나라

현금 다발 사과 상자 받은 돈
하도 무거워 굴러가네 안 굴러가네
다이너스티 현장 검증 우겨대는 웃기는 놈 있는 나라

카드 사용 권장 위해 길 가는 사람 세워 놓고
수십 장 만들게 해 놓고 무더기 신용 불량자 양산하는 나라
결국 카드사도 망하게 하는 나라 이상한 나라 희한한 나라

_ 2003년 12월 28일, LG 카드사가 망하는 걸 보면서. 결국 수십조 원의 공적 자금이 지원금으로 낭비되었다. 정책을 책임지는 자는 없고 국민 혈세만 낭비하는 나라라니 참 슬픈 일이다. IMF를 누가 오게 한 것인지 이제야 알 것도 같다. 물질의 노예를 만드는 거짓말 정치를 계속하니 살벌한 세상이 오는 것은 불을 보듯 뻔하지 않은가… 후손들이 걱정이다…

성철 스님

산은 산이요 물은 물이요
옷은 옷이요 밥은 밥이요

우리 옆집 갈치 장수 리어카 할배는
죽는 거나 사는 거나 별반 차이 없다면서
새벽마다 새벽마다 비린내 팔러 가네
돈오점수 점수돈오 처자식 먹이려고
처자식 입히려고…

산은 산이요 물은 물이요
옷은 입어야 되고 밥은 먹어야 살지

도道 터졌네 청빈하네 산 자者들이 시끄럽네

산중이건 시장이건 모두 하면 터지는 걸

맨날천날 해 박힌 날 하늘 보고 살면 될 걸

할배 할배 성철 할배

할배 할배 갈치 할배

진짜 누가 도통道通했소?

_ 2004년 5월, 부처님 오신 날에.

우리도 에덴동산에서 살았다네

아주 먼 옛날 기적 소리 아련히 들리는 산골 마을

길 가던 나그네 서슴없이 재워 주고 먹여 주고

도랑물 그냥 마셔도 아무 탈 없었네

집집마다 멍멍이 햇병아리 저녁이면 제 집 찾는 마을

산나물 들나물 마음대로 뜯어먹고

버들치 피라미 개천에 가득했네

단 한 명의 사람이 죽었다는 라디오 뉴스에도

모든 사람 큰 눈 뜨고 놀랐다네

그때가 지금 생각하니 천국이고 에덴동산이었다

_ 2004년 7월 20일,

20여 명을 잔인하게 살인한 유○○의 뉴스를 듣고.

어머님의 인생 당부

애야아…

짧은 기이(것이) 인생이다

이삼십 대 배우자 구할 때는

얼굴은 그저 섞일* 만하고, 먹새(음식 솜씨) 잘하고,

무던하고, 튼튼하면 되는 기이다

애야아…

삼사십 대에는 조은 거(좋은 것) 할 시간 없다

부지런히 하거라

새끼들 키우다 보면 후딱후딱 가는 기이 인생이다

높은데 전주지(견주지) 말고 저(자기)보다 못한 사람 전주어

사는 기이 편한 기이다

* 섞일 : 얼굴 때문에 말 나오지 않을 정도, 어울릴 만하다.

얘야아…

사오십 대에는 세상에 공거(공짜) 없다 하시면서

대수롭지 않는 일이 큰일 되니 항상 지릅*에 닭 다니듯 하고

개야산(가야산) 들어내어 논 뜰(논 만들) 생각 말거라

인생 사오십이면 하루해 중 보리쌀 삶을 때니(오후 4시경)

무슨 큰일 시작하랴

얘야아…

육칠십 대에는…?

숙제 남기시어 가셨다네

내게는 어느 석 박사 이론보다 값진 진리였다

_ 2004년 7월 25일.

---

* 대마(삼베)를 벗겨 내고 난 흰색의 줄기. 하도 약하고 미끄러워 닭도 잘못 밟으면 부러지고(미끄러워) 넘어질 정도다.

학생이 대체로 공부 잘하는 경우 세 가지

두뇌가 명석하다

끈기와 의지력이 강하다

가장 멋있고 어려운 것은

개개인에게 최적最適 환경을 만들어 주는 것

매를 맞는 것이 최적 환경,

매를 안 맞는 것이 최적 환경,

돈 많은 부모가 최적 환경,

돈 없는 부모가 최적 환경

중요한 것은 최적 환경은

모두 모두 다르다는 것

더 더욱 중요한 것은 최적 환경은

시공時空에 따라 변한다는 것

_ 2004년 7월 28일, 체벌 문제의 법정 공방 뉴스를 듣고.

초등학교 우리 선생님

독일 국민은 일곱 명이 모여야 성냥개비 한 개로
담뱃불을 붙인다고 가르쳤고

남 돈 빌렸으면 먹을 것, 허리띠
갚은 후에 먹고, 풀라 했는데…
지금은
소비 낭비. 소비 낭비…
버티기 떼먹기. 버티기 떼먹기…
못하는 자만
등신 병신. 등신 병신…
누가 옳은 건가?

_ 2004년 8월에.

저축하면 실제 금리는 마이너스다. 그래서 나도 은행 돈 빌려 11년 탄 차를 바꿔 버렸다. 내수 경기, 소비 경제 살려야 경제가 잘 돌아간다고 야단법석들이니 원…

내신과 점수 부풀리기

8차 교육 개혁안에 학교 간 수준 차와 점수 부풀리기를 지적하나 큰 문제 될 것이 없다고 본다. 어떤 제도도 완벽할 수는 없다. 대학 자체가 목적인 부모님들은 농어촌, 변두리 학교로 전학시키도록 내버려 둬라.(그런 학생 학부모님들은 창피스럽도록 사회 여건 조성하고 부단히 교육을 시켜라. TV에 이상한 팬티, 브래지어. 둘이 붙어서 왔다 갔다 하는 핸드폰 선전 그만하고…)점수 부풀리기는 석차 백분율, 표준 편차 등을 잘 활용하고 부풀리기 한 학교는 공문으로 지도해 보라. 학교 내에서도 정의롭고 양심적인 선생님들이 대부분이다. 그런 분들께 교육부가 힘을 실어 줘 봐라. 사회 정의 실현에도 도움이 될 거다. 사실 내신 점수를 부풀리기 한 점도 부인할 수는 없으나 실상은 교육 환경적인 요인이 원인이다. 거의 모든 과목에 수행평가를 30% 해야 하고 70%는 기본 점수를 주도록 되어 있다. 또 한 과목당 여러 선생님들이 함께 지도하는 경우가 많아 객관성 있고 학급당 편차를 줄이려면 교과서 위주의 문제를 출제해야 한다. 그리고 몇몇 교과는 한 명의 교사가 수백 명의 학생들을 평가해야 하고 특히 고3 학생들은 수능 비중이 낮은 교과는 관심

두지 않으니 교과서 위주의 다소 쉬운 문제를 지도하고 쉽게 배운 내용을 출제하다 보니 높은 점수를 받는 것은 당연하다. 이 기회에 교사는 적절한 난이도 조절과 소속된 학교에 이익만 되는 교사가 아닌, 나라 전체 학생의 교사라는 생각을 해야 하며 입시 위주의 보충 특기 적성 교육에 조금이라도 에너지를 소비하기보다는 정규 수업과 학생 생활 지도, 교과 연구 활동, 기록부 작성 등에 노력할 수 있는 환경을 만들어 나가야 한다. 아울러 사회에 있어 정의롭고 도덕력 있는 모범 국민이 되도록 최선을 다해야 한다. 대학은 비중이 다소 낮더라도 다양한 선발 방법을 개발하고 입학은 쉬우나 졸업은 일정 능력이 있는 학생만이 졸업하도록 해야 한다. 능력 없는 학생이 입학했다면 자연도태 되도록 하여 경쟁력 있는 졸업생을 만들어야 한다. 그래야 학연과 간판이 아닌 진정 명문대라 할 수 있다.

또한 교육부는 교사를 신뢰하지 않고서는 어떤 제도도 성공할 수 없다는 사회 인식과, 교사가 존경받는 사회 여건 조성에 힘써야 한다. 교사들에게 몇 푼의 봉급 인상으로 달래려 말고 교과 연구, 평가, 기록, 학생 생활지도… 등등에 충분한 시간을 주어야 내신 위주의 8차 교육이 성공하리라 본다. 소비자 교육을 부르짖고 국가가 나서서 입시 지도(TV 과외) 하는 나라에 진정한 교육과 참스승이 생겨나겠는가?

_ 2004년 9월, 내신 위주의 8차 교육개혁안 신문을 보고.

내가 고등학교를 세운다면

오전 수업만(필수교과) 하고 종례하겠다
오후 수업(선택교과)은 완전 자율로
선택교과, 자율학습, 특기 적성, 논술, 심화 학습, 부진아…
모두 모두 자율로. 이런 공부도
인생의 많은 공부 중에 한 부분일 뿐인데

이렇게 하면 정말 학력이 저하될까?
이런 공부시켜 어디에 쓰려 하나?
미국이라는 큰 나라도 이런 공부는 3-5%만 필요하다는데…

_2004년 9월에.

이렇게 하면 학교생활이 좀 더 즐겁고 능동적으로 생활할 수 있을 텐데…

어른들이 나서서 좋은 대학, 나쁜 대학, 좋은 직업, 나쁜 직업으로 편 갈라놓기를 하니 애꿎은 어린 학생들만 골병 들 뿐이다. 어차피 대학 정원은 정해져 있고 직업은 다양해야 바른 사회가 이루어진다. 어른들이 진짜 해야 할 일은 최대한 직업의 귀천을 없애고, 임금의 격차를 줄이고, 개성껏 살아갈 수 있는 사회와, 물질(사탕)보다 정신문화도 필요한 사회(철학 있는 교육)를 만드는 데 심혈을 기울이는 것이다…

한 교실에 35~40명을 집어넣고 잠깐 졸지도 못하게 하면서 대학은 무조건 가라니 어떻게 하나? 학생마다 유전자와 특성이 다른데 이렇게 하면 소는 누가 키우고, 불도저는 누가 운전하고, 고등어는 누가 판매하느냐는 말이다.

오전 수업 후 종례하고 오후에는 모두 자율로 하여 개성껏, 자유롭게 배우고 싶은 것을 배우게 해도 충분할 텐데 그 간단한 사실을 어른들만 모르는 듯하다.

보약補藥

된장찌개 풋고추에 보리 쌀밥 한 그릇

얼큰 시큰 열무김치 막걸리 한 사발

농약農藥 성분 전무全無한

마늘, 파, 무, 배추…

나이만 따져 보고 형님 아우 하는 인사人事

언제 어디서나 주고받는 담배 인심人心

이것들이 모인 것이 진짜 우리 보약

웰빙well being이 따로 있나 이것이 웰빙이지

이보다 좋은 보약 세상 천지에 또 있었던가?

_ 2004년 10월에,

믿을 만한 ○○○녹즙에 농약 채소를 사용했다는 뉴스를 듣고, 양심적인 농민이 이실직고以實直告함.

과유불급過猶不及

청소년 끌어들여

마구잡이 팔더니만

핸드폰 수능 부정 온 나라가 시끄럽네

섹시한 핸드폰(TV에 어떤 연예인 둘이 붙어 왔다 갔다 하며 선전)

청소년을 유혹하고

배꼽 노출 히프 돌림은

오늘도 여전한데

인신人身매매. 성性매매 법이 효과를 보겠는가?

_ 2004년 11월 23일,

핸드폰을 악용해 수능 시험을 봤다는 뉴스를 듣고. 무엇이든 어떤 한 부분이 지나치면 문제가 된다. 공부든 외모든 스포츠든 연예든…

중랑천 오리

시궁창 바람 맞이하려 여름에도 아니 가고

사람이 다가가도 날아갈 줄 모르네

머리 묻고 사색에 잠긴 놈

암놈 꽁무니 졸졸졸…

한 다리로 서 있는 놈

신선도神仙圖 옆 호랑이 이제야 내 알겠네

공포 환경 없애 노면 만물이 동무라는 걸

_ 2004년,

우리 어릴 적엔 동네 들녘 무논에 오리 떼가 앉아 있으면

어떻게 하면 잡아먹을까 생각했었는데…

스트레스 받던 날

퇴근길에 로또 복권을 샀다
혹시나 혹시나 하면서
된 것 같은 착각에 한없는 몽상 망상 다 하면서
애라 이놈들 퇴직 사표 내던졌고
애라 망할 놈들 잘 먹고 잘살아라
x도 모르면서 학생 위해 일한다고?
애라 이놈들 거짓말도 잘도 한다
윗 눈치 자리 보존. 칭찬받고파
공명심 책임 면책. 주목注目받고파
먹고살려 했으면서 누가 누굴 위해 했단 말고
욕심이 과도하면 척隻진다는 진리를
그렇게도 닦아 놓고 아직도 모르는가?
애라 썩어질 놈 무식하게 욕도 했다
자고 나면 할 수 없는 꿈인 줄 내 알면서
애라 나쁜 놈들 화끈하게 내던졌다
몽상夢想은 자유라서 밤새도록 그리면서
망상妄想은 돈 안 들어 원 없이 해 보았다

_ 2005년 3월 21일, 억수로 스트레스 받던 날.

공부와 경쟁해야지 친구와 경쟁하지 말아야 한다. 교육의 방향은 좋은 대학을 가기 위함보다 자기 발견과 자기 적성에 맞는 일을 찾는 데 우선해야 한다.

시간은 걸리겠지만 언젠가는 우리 교육도 지금보다 훨씬 더 좋은 방향으로 가리라는 걸 나는 확신한다. 합리적이지 못한 이론은 소멸된다는 진리를 믿기 때문에…

어느 노인의 행불행 이야기

행복이 뭐 따로 있나

김치 쪼가리에 밥 한술 말아 먹고

15평 전셋집에 살아도

새끼들 그저 밥벌이하면

그게 최고의 행복이지

영감, 할망구 온천지에 봄나물이나

실컷 뜯을 수만 있어도 우리는

최고의 자유인이라네

돈이 억만장자면 뭐하나

… ?

… ?

… ?

… ?

그것이 불행이지

_ 2008년 12월 25일,

청년 실업이 최대라는 뉴스를 듣고.

나 역시 나이가 들어가기에 가장 비중 있는 행불행의 요소가 뭔지를 절감한다. 마누라도 같은 생각이라면 더없이 좋으련만…

무혈 통일 방법

남조선, 북조선. 북조선, 남조선

남한, 북한. 북한 남한

비등비등 해 가지곤 통일은 먼 얘기

한 부분만 비등해도 항복 못 하는

인간 지능 한계

역사가 증명하고 산천山川이 증명했다

군사, 경제력만은 꽥 소리 못할 콱 주저앉힘만이

무혈 통일 최소 희생되리

탈북민에겐 말없이 사랑을 듬뿍듬뿍

집도 주고, 쌀도 주고, 일터만 주면

통일은 소리 없이 다가오리라

_ 2010년 11월 23일,

14시 23분경 북한이 연평도 해군 기지와 민간인 주택에 무차별 공격을 불사했다. 해병 2명이 전사하고 다수의 중경상자가 발생했다.

우리 군도 13분 뒤 자주포 80여 발을 발사했지만 대응 수위가 약했다. 내 견해로는 북한 포진지와 미사일 기지를 800여 발로 쏘아 짧은 시간에 초토화가 필요했다고 본다.

_ 2011년 12월에 추가.

2011년 10월 20일 리비아 독재자 카다피가 시민군에 의해 사망했다. 독재자 한 명을 굴복시키는 데도 이렇게 수많은 사람들이 희생되어야 하는데 북한의 기득권인 군부를 과연 '우리 민족'이란 정치술로 스스로 포기할까? 나는 아니라고 본다.

단면만 보고 북한은 전쟁 수행 능력이 없다고 말하는 사람들은 빨갱이 아니면 빨갱이로 오해받기 쉬운 사람들이다. 그것도 아니면 자유민주주의에 적응 못하는 불만 세력들일 확률이 높다. 전쟁에 이긴들 뭣하나. 북한의 무기만으로 우리 민족과 강토는 박살나는데.

6.25의 교훈을 잊었는가? 우리끼리 싸우다 6.25가 나지

않았는가? 당시 남침 전에 남한 내에 북의 사상과 이념을 가진 사람들을 많이 심어 놓았다는 사실도 알아야 하고 남한 내에서 좌익 활동을 하다 월북한 인사들이 모두 숙청된 사실도 알아야 한다. 베트남은 통일되었지만 20여 년 동안 하노이 강을 민족의 피로 물들였다. 그러나 그들의 적인 미국과 한국이 지금 원수가 되었나? 윗사람들만 교체되었을 뿐이다. 너무나 큰 대가를 지불했다.

북한의 기득권인 군부는 그냥 연평도를 공격한 것이 아니다. 천안함 침몰 때 우리는 어떤 모습을 보여 줬나?? 북한의 잠수함 일지와 같은 완벽한 증거와 자료를 가지고 발표할 수만 있었다면 좋았겠지만, 그렇다고 우리 정부의 발표와 증거를 믿지 못한다 해서 북한 군부를 이롭게 하면 어떡하나? 북한 군부의 소행이 아니라는 증거는 있나? 북한 군부는 우리 체제의 약점을 가장 잘 이용한다. 남한 사회에 자기들을 동조하는 세력이 자기들이 원하는 수만큼 도달했다고 판단했기 때문에 공격했다고 본다. 북한의 기득권인 군부는 북한의 인민들께 미국을 민족의 철천지원수라 욕을 하지만 만일 자기들 방식으로 통일이 되었다면 가장 먼저 악수할 나라는 바로 미국이라는 것을 남북한 일부 국민들은 반드시 알아야 할 것이다.

힘도 없는 놈이 골목에서 주먹 휘두르면 맞는다. 국익을 위해 어떤 나라와 국교를 맺든, 우리의 힘을 길러야 무혈통일이 된다. 일본을 보라. 2차 대전 때 연합군이 히로시마 나가사키에 원폭을 투하하여 얼마나 많은 일본인들이 비참하게 죽었는가. 지금까지도 유전자가 변이되어 고통받는 국민들이 있다고 한다. 이 연합군의 주체가 미국이 아닌가? 미국과 일본과의 관계는 아주 우호적이지 아니한가… 그들의 가슴속엔들 왜 원한이 없겠는가? 속을 보이지 않을 뿐이지… 언젠가 힘이 생기면 어떻게 할지 누가 알겠는가?

그들에 비해 우리는 어떻게 해 왔는가? 민족을 앞세워 힘도 없으면서 속부터 먼저 보이고, 우리끼리 옳다 그르다 싸우지 않았는가?

자주독립과 무혈 통일 방법에는 여러 가지가 있겠으나 나는 우선 북한의 이념과 남한의 복지는 구분 지어야 하고 밤 대추 몇 조각으로 살아갈 수 있는 고도의 정신문화와 물질문화와의 조화를 이루는 데 힘을 모아 부정부패 않고, 자유의 소중함을 깨달아 똘똘 뭉쳐 경제력, 군사력을 키워야 한다고 본다. 체제의 우월성을 확실히 보이는 것이 민족의 살길이자 무혈 통일의 빠른 길인 것이다. 탈북민이 다시 북한으로 넘어가지 않게 해야 되지 않겠는가?

그리고 북한의 기득권인 군부와 인민들은 전혀 다르다는 것을 알아야 하고, 냉철히 판단해서 지금 탈북민이 2만이 넘고 이만큼의 자유라도 누리고 있는 것은 누군가가 이만큼의 노력과 희생을 했기 때문이라는 것을 알아야 한다. 반대로 북한의 지도층 군부가 부정부패 않고 근검절약하여 빈부 격차 없이 전 인민들을 편안하고 배부르게 한다면 언제든지 북한 체제로 바뀔 수 있다는 것을 남한의 기득권층도 반드시 알아야 한다.

자유로움

구속拘束 없이 도저히 깨달을 수 없는 물건

신神도 어찌 못할 위대한 아름다움

빵 한 조각 질경질경, 생식기만 걸치고, 가리고

들판을 걸어도 행복함이여 소중함이여…

_ 2010년 12월 19일.

살다 보니 자유로움보다 더 좋은 것은 없는 듯하다.

이 좋은 자유도 내가 만드는 것이다. 자유로움은 너무나 좋은 것이지만 전 인생에서 구속을 조절 않고 어찌 진정한 자유로움을 얻을 수 있을까?

우리 대한민국 국민은 행복하다. 이념을 달리하는 북한 군부와 대치하고 있는데도 이만큼의 자유를 누리는 나라가 지구상에 또 어디에 있나? 상상해 보라. 참고로 북한의 군 복무 기간은 남자는 10년, 여자는 7년 정도로 알고 있다.

어느 아버지의 죽음

불쌍타 불쌍타. 울 아버지 불상하다

경쟁 위주 실적 위주 회사에선 골병들고

집에 오면 속물 다된 마누라는 박박 박박…

몸매도 보기 싫고 언변도 듣기 싫다

내 뜻대로 내 맘대로 잘 안 되는

애새끼들…

어디로 달아날까?

어디로 사라질까?

숨을 곳 하나 없네…

불쌍타 불쌍타 울 아버지 불상하다

_ 2011년 10월 5일,

우리 학생 아버님의 느닷없는 죽음을 보고.

사람도 아니고 소도 아니고

젖 빨이 동물은 젖 먹고 크네

쥐는 쥐젖 먹고

소는 소젖 먹고

사람도 소젖(우유) 먹고 크네

요즘 애들은 지독하게 말 안 듣네

소도 아니고 사람도 아니고

소가 되려나?

_ 2011년 10월 10일.

오늘따라 학생 지도가 더 힘들다.

이 모든 건 달콤한 사탕(물질)으로 경쟁을 부추기고 이기적으로 키운 어른들의 책임일 터…

모든 이의 삶의 여행

만남은 연 따라* 오가는데 우리만 모르고 있네
모든 번뇌, 망상, 욕심 끊을 수만 있다면
마음과 몸이 깨끗하여 선정에 들 수 있네

정도 억울함도 모두 내 인연인 것을

슬픔을 기쁨으로 더 슬픔을 더 기쁨으로
승화하여 최고의 추억 찾아 미소 지으며
선정에 들어가세…

---

* 만남은 연 따라 : 법구경

_ 2012년 4월에.

너무 힘들고 괴로울 때, 원장현 님의 한오백년 산조 대금곡을 편곡하여 가사를 붙여 보았다.

복福도 화禍도, 사랑, 미움, 원망, 슬픔, 기쁨…
모두 모두 내 인연이고 내 운명인 것을…
할 수 있는 데까지 헐떡이다 대자연이 부르면
추초秋草처럼 살다 가리라…

교원 노조

그때의 그 억눌림, 그 함성, 그 열정
그 참교육 그 순진무구함이여, 그 어리석음이여
그그그그그그그…
절호의 기회 절호의 타이밍
아뿔싸… 놓쳤다 언제 다시 오리

붉은 띠 대신 푸른 띠만 둘렀어도?
정치꾼과 결별하고 북의 이념 선을 긋고
욕심은 적게 적게 차근차근했더라면
나도 분명 참여했으리

물질 중시, 입시 위주, 학교 폭력, 어린 죽음
막을 수 있었는데
아쉽고 원통하다 절호의 그 물결
개성 존중, 더불어 삶, 청정 환경, 자유로움
참 참 참교육들이 참 많았었는데…

_ 2012년 6월 19일,

학교 폭력과 학생들의 자살을 접하면서…

내 그럴 줄 알았다 주택정책

자고 나면 집값 껑충껑충…

1년 새 아파트 값 2배 껑충껑충…

봉급 모아 집 사기는 하늘에 별 따기

소형 주택, 임대주택 그렇게 지으라 했는데

알면서도 안 해 놓고

일부러 개미 만들어 놓고

알면서 빚쟁이(은행융자) 만들어 놓고

이제 와서 난리들이네

하우스 푸어는 누가 누가 유도했고

누가 누가 만들었나?

_ 2012년 6월에.

아파트 값이 폭락해 하우스 푸어란 용어가 생겨난 걸 보고.

LH 공사는 헐값에 토지를 매입하여 소형 주택, 임대주택, 서민에게 제공할 수 없었을까? 국민들이 촛불 들까 걱정이네. 10~20년 정도 봉급을 모았음 융자 없이 집 한 채 살 수 있어야 정상적인 나라가 아닌가. 왜 부동산으로 국민들을 옥죄어 은행, 건설사의 꼬봉으로 만들고 부동산 투기꾼으로 만들었을까? 좁은 나라에서 의식주는 공 개념의 이론을 어느 정도 도입하고 미리미리 대비했었어야 한다.

교육의 궁즉변窮卽變

물질 위주, 경쟁 위주, 학교 폭력, 어린 죽음
앞으로도 뒤로도 물러설 곳 없는 교육
지금이 궁窮이고 지금이 변變할 때다…

홍익인간 좋은 이념, 인성 중시 더불어 삶
좋은 대학 나쁜 대학, 좋은 직업 나쁜 직업
누가 가도 가야할 대(대학大學),
누가 해도 해야 할 직(직업職業)
차별 없게 바꾸는 게 그것이 변즉통變卽通이리라

힘들다고 피할쏘냐 학벌보다 능력 위주
봉급 격차 줄여 주고 개성 중시 함께할 삶
통하면 오래가니 그것이 통즉구通卽久다

_ 2012년 7월 5일.

여당(이명박 대통령 정부)이 마이스터 고高와 고졸高卒 출신 기업체 채용을 권장한 건 잘 설정한 일이라 사료되며, 지역 균형 발전을 위해서라도 야당이 계획하고 있는 전국 국립대학을 서울대급으로 상향 통합하는 방안도 연구해 볼 가치가 있는 일이라 사료된다. 그리고 이미 시행하고 있지만 더 많은 분야에서(한의사, 침구사, 변호사, 판사, 교사, 치과의사, 안과 의사, 미용사 등등…) 국가 공인 자격증 제도를 시행했으면 한다. 국민 누구나 도전할 수 있고 사회 경력을 인정해 주고, 미비한 부분은 학점 은행 제도를 활용하여 학점을 이수케 하고 대학에서 이미 받은 해당 분야의 학점을 인정해 주면 무리가 없을 것이다. 그리하면 누구에게나 기회가 주어지며 학벌보다는 능력 위주의 사회가 되는 데 도움이 될 것이다. 이와 같이 대학의 선발 방법을 바꾸기보다는 힘들고 더디더라도 사회 환경을 변화시키는 노력을 서로 머리를 맞대고 하면 희망과 길은 있으리라. 매사에 있어 궁窮하면 변變해야 하고, 변變하면 통通하고, 통通하면 (구久)오래 지속된다. 이런 것이 역易이다.

대통령이 되는 데 학벌이 필요했다면 김대중 대통령과 노무현 대통령이 어찌 나올 수 있었겠나? 대통령도 학벌이 필요치 않는데 왜 의사, 교사, 한의사 등의 직업에서 학벌이 필요한가? 이것도 우리의 고정관념 아니겠나? 능력만 되면 누구에게나 되는 길은 주어져야 하지 않겠는가?

인생 1

인생은 양파 껍질 벗겨도 벗겨도 또 껍질만
허허虛虛희희熹熹, 허허虛虛희희熹熹
허무 한바탕, 기쁨 잠시 잠깐 뿐
또 무엇이 있었던가?
우주의 시계는 오늘도 돌아가는데…

쥐의 불행은 고양이의 행복
내 행복은 남의 불행과 무관치 않고,
송충이 솔잎 먹고 뽕잎은 누에 먹고
다름 속에 같은 운명 쉰아홉 풍상에야 깨달았네
비비悲悲호호好好, 비비悲悲호호好好
슬픔 한바탕, 좋음 잠시 잠깐 뿐
또 무엇이 더 있었던가?
인생의 시계는 이렇게 해야 돌아가는데…

인생 2

인생은 미래에 속는 것.

솜처럼 스폰지처럼 밟으면 밟혀 주고

놓으면 올라오리 무변광대無邊廣大 큰 진리를

내 힘으로 어찌하랴

오늘 이 자리 지금 이 순간

무두無頭 인간이 되어

땀 뻘뻘 아무 일事이나 뻘뻘 살 때까지 사는 것이

미래未來요, 위대함이요, 최고의 진리眞理리요

허허虛虛희희熹熹, 허허虛虛희희熹熹

비비悲悲호호好好, 비비悲悲호호好好

부처님은 고고고고苦苦苦苦 고고고고苦苦苦苦

소리 없이 교차되며 시계는 돌아간다

우주도, 자연도, 내 인생 시계도…

_ 2012년 7월 18일,
내 능력이 너무나 보잘 것 없고 능력 밖의 일이 많음을
절감하며…

이미 3000년 전에 부처님께서 인생은 고행苦行이라 설파하지 않았던가? 야생 누에는 뽕잎을 실컷 먹고 뽕나무의 가루받이를 도와 뽕나무를 널리 퍼뜨린 후 뽕나무 밑에 죽어 거름이 된다. 시차를 두고 보면 뽕나무가 누에를 먹었다. 만법은 하나로 귀결되고 다름 속에 같음이다. 생명체는 모두 자기 그릇만큼 주기도 받기도 하며 더불어 살 때까지 살아야 하리… 크게 보면 모기, 파리, 벌, 개구리, 강아지풀도 나와 무엇이 다르랴…

레임 덕 lame duck

이놈은 대통령 이빨 새 끼인 오리 이두박근이네

밥숟갈 놓는데도 안 빠지니

밥 다 먹고 숭늉 마시려 하니

어김없이 뒤뚱이며 찾아오네

돈, 돈, 돈. 권력, 권력, 권력…

이놈 오리 새끼 튀길 물과 쥘 몽둥이는 없을까?

_ 2012년 7월 19일.

저축은행 비리에 청와대, 국회의원. 대통령 친형이 구속되고 제1 야당 대표까지 줄줄이 연루되어 뉴스에선 5.16이 쿠데타니 혁명이니 하고 있다.

자기들이 기업체로부터 후원금을 몰래 받아먹고 나중에 부실해지면 국민 세금으로 충당한다. 이렇게 하니 나라가 망할 수밖에. 어느 세월에 선진국이 되겠나? 어찌 청년들이 희망을 갖고 살겠느냐는 말이다.

이런 군대 노래가 다 생각나네.

소령 중령 대령은 찝차 도둑놈 소위 중위 대위는 권총 도둑놈 하사 중사 상사는 부식 도둑놈 불쌍하다 김일병은 건빵 도둑놈!

독재 아닌 문민정부에서 부정부패를 어떻게 설명하나? 윗물이 맑아야 아랫물이 맑은 법이다. 문민정부에서는 5.16이 다시 일어나지 않게 해야 한다. 어떻게 얻은 자유인데?

우리 체제의 최대 약점은 물질 추구에 의한 부정부패이다. 특히 사회 지도층이 부패하여 신뢰를 잃으면 자유 수호는 어렵다.

운명運命

삶은 새끼줄

사돈 팔촌 잘살아야 모두가 잘사는 것.

모든 생물 두루두루 잘살아야 잘사는 것

내 평안平安 자고 집 개축 보수했더니

둘째 놈은 느닷없는 병요

집 뒤 큰 꿀밤 나무 사이좋게 베었더니

집안 기둥 요절하고 3년 격차 두고 고목귀신

집 덮치니 기왓장이 박살났네

눈앞에 닥친 우환에 통뼈가 누가 있으리

달나라 별나라 우주선 로켓트 아무리 날아가도

우연이라 단정할 자 그 몇이나 있으리오

신神도 혼魂도 운명運命도 없다고 그 누가 장담하리

두루두루 엮여 있고 두루두루 꼬여 있다

바위 나무 풀 한 포기 어찌 함부로 대하랴

삶은 새끼줄 모든 생물 두루두루

잘살아야 잘사는 것

하늘, 땅 두루두루 도와야 잘사는 것,

아아 슬프고 괴롭고 힘들구나

이 고비를 어찌 넘기랴

이것이 내 팔자고 운명이라면 받을 수밖에…

_ 2012년 8월 20일.

너무나 힘들고 고통스러운 날이다. 힘든 일이 자꾸 생기니 약해지는 것은 어쩔 수가 없다. 몇 해 전 첫 번째 일을 당했을 때는 너무나 놀라 혼자 실험실에서 소리 없이 펑펑 울었다. 그리고 이번 일을 당했을 때는 너무나 황당하고 놀라 눈물도 나오지 않았다. 다음에 또 어떤 일이 일어날지 벌써부터 겁나고 한편으론 궁금하기까지 하다. 이제 내 능력껏 대처해서도 안 되면 운명이라 생각하고 모든 것을 받아들이리라… 죽기밖에 더하겠는가?

산길 걷기

스트레스 풀려고 스트레스 풀려고…

김밥도 싸고 달걀도 삶고

고등 동창 여럿 모여 둘레 길 걸었네

희희낙락 한참 걷다 갈래길을 만났는데

이 길이다 저 길이다 두 친구 실랑이에

듣고 있던 옆 친구 왈 "닭○○○ 같은 놈! 전에도?"

모두들 심한 말에 큰 말싸움 다시 됐네

걷기고, 나발이고, 대충 걷다 내려왔네

우정은 끊어지고, 스트레스만 가득 담고…

스트레스 풀려고 스트레스 풀려고…

막걸리도 몇 통 사고 오이도 사 가지고

시골 동무 함께 모여 산길을 걸었네

왁자지껄 한참 걷다 갈래길을 만났는데

이쪽이다 저쪽이다 두 친구 실랑이에

듣고 있던 옆 친구 왈 "틀린 자는 술내기다."

모두들 하하 웃고 걷는 내내 홍이 났네

아직도 그때 일 우정 돈독 추억 됐네

_ 2013년 2월 18일.

살다 보면 이럴 때도 있다. 며칠 전에 고등 동창들이 모인 자리에서 이와 비슷한 일이 있었다. 좋은 말을 하는 것은 돈 드는 것도 아닌데 참 어리석은 게 인간이다. 나도 지난 일을 돌이켜 보면 후회스럽고 부끄러워 얼굴이 붉어질 때가 있다. 아주 하잘 것 없는 일 가지고 동료와 다투기도 했으니 말이다. 개인이든 국가든 세상살이가 힘들수록 서로 싸우지 말고 돕고 나누며 살아야 하는데 오히려 그 반대이니 안타까운 일이다. 나라 안에서도 많은 사건 사고가 일어났고 지금도 끊임없이 일어나고 있으니 참 각박한 세상이 아닐 수 없다. 청년 실업은 해결 기미를 보이지 않고, 정치는 항상 시끄럽고, 사람들 마음을 한마음으로 합치기가 너무 힘이 든다. 정치는 더욱 그러한 것 같다. 정치 얘기는 이제 전혀 관심도 없고 어느 쪽을 편들 생각은 더더욱 없다. 여당이든 야당이든 어느 쪽이 대통령이 되든 상관없지만 국민의 입장에서 보면 그래도 임기 동안만큼은 싸우지 말고 한쪽에 힘을 실어 줘야 에너지 손실이 적고 이득을 본다고 말하고 싶다. 도중에 바꿀 수 없다면 다소 마음에 들지 않는 면이 있더라도 정치인들에 휘둘리지 말고 밀어주는 것이 국익에 도움이 될 때가 많다는 것이다. 북한의 김정일 김정은이 아직 큰소리치는 것은 대다수 인민들이 단합하여 힘을 모아 주기 때문이고, 박정희 대통령이 산업화에 성공한 것이라면 대다수 국민들이 힘을 실어 주었기 때문일 것이다. 일본에 왜 나라를 빼앗겼으며, 6.25때는 공산화 직전까지 가지 않았는가? 우리의 힘만으로 독립을 하고 우리의 힘만으로 민주국가가 되었는가? 내부의 갈등은 나라를 망하게 한다는 진리를 아직 깨닫지 못하면 어쩌나? 역사는 빨리 이루어지는 것이 아니다. 잘못했다면 다음 선거 때 바꾸면 된다. 이것은 초등학생들도 다 아는 민주주의가 아닌가? 정치인들은 다른 사람들보다 국가 미래에 많은 영향을 주기 때문에 공명심과 사심을 버리고 서로 싸우지 말고 미래를 생각하는 모습을 보였으면 한다. 특히 국민을 속이는 정치를 하지 말아야 전 국민을 단합시킬 수 있다. 우리 국민은 단합만 되면 어떤 어려움도 극복해 내는 능력과 저력이 있다고 나는 믿는다. 개인적으로 지금 우리 사회의 시급한 문제는 신뢰를 통한 단합이라 본다. 정치 및 사회 지도층이 먼저 신뢰를 쌓아야 아주 작은 민간단체의 장長에게도 신뢰가 쌓여 단합된 안정된 나라를 만들 수 있다.

자유경쟁 체제에서 잘살고 못사는 것은 개인 능력의 차이라지만 대한민국 국민이라면 누구에게나 기본 의식주는 반드시 해결되도록 체제와 환경을 바꾸는 노력을 함께했으면 한다. 그리하여 의식주 때문에 무너지는 가정이 없어야 하겠다.

국민 개개인도 이제 혼자 잘살 수 있는 시대가 아님을 빨리 깨달아야 하고, 또한 기본 의식주만 해결되면 나보다 잘사는 사람을 배 아파하고, 부러워하지도 말았으면 한다. 나도 노력하면 된다는 생각으로 살아가면 된다. 우리는 없어 불행하기보다 남과 비교해서 더 불행한 것이다. 조악한 음식과 허름한 옷일지라도 빚이 아닌 자기 능력에 맞게 먹고 입어도 불행하지 않음을 깨닫는다면 이것이야말로 행복하게 잘사는 삶이다. 얼마나 당당하고 기개氣概 넘치는 일이랴… 이 정신이 선비 정신이고 오늘날의 진정한 지식인이 아니겠는가? 우리 모두의 핏속에는 해외여행 안 가도, TV가 없어도,(라디오만 있어도) 핸드폰이 없어도, 자가용이 없어도, 쌀밥 대신 조밥과 감자만 먹고도, 운동화 대신 검정 고무신만 있어도, 골프 안 쳐도, 축구공이 없어 돼지 오줌보(방광)에 바람 불어넣어 축구를 해도 즐거워할 줄 아는 선비 정신의 유전자가 들어 있다. 그렇기 때문에 아무리 어려운 시련이 닥쳐도 이 정신을 바탕으로 서로 신뢰하고 단합하여 물질과 조화를 이룬다면 많은 사람들이 편안히 살 수 있는 선진국이 될 수 있다고 나는 확신한다.

연금법

똥 누러 갈 때 다르고 나올 때 다르면 국가를 누가 믿으랴
70~80년대 경제 잘 돌아갈 때 군인과 공무원 연금 주는 것
모르는 백성들 있었소
연금 공단 이사장은 누가 임명했고, 관리는 누가 했소
강제로 걷어 놓고 강제로 뭉칫돈 쓸 목적으로 모아 놓고선
이제 와서 백성들 선동하여 연금법 칼 들이대면 어느 젊은이
나라를 믿으리… 그 먼먼 나중 일을…

_ 2013년. 군인,
공무원 연금과 국민연금 통합하여 물타기 한다는 말을
듣고…

나라가 위기에 빠지면 함께 고통을 분담하는 것은 당연하다. 그러나 공무원 연금만 세금으로 지원하는 것은 아

니지 않는가? 많은 적자를 보면서 봉급을 상대적으로 많이 받는 공기업들도 함께 개혁해야 불만이 없어진다. 또 현 연금법이 연금을 20년 이상 불입해야 연금을 받을 수 있다면 대한민국 국민이라면 누구나 20년 이상을 채운 다음 연금을 받게 해야 한다. 예를 들어 연금 불입 연수가 20년이 안된 장관, 국회의원 및 국가에 공로가 있는 사람들이 있다면 이 사람들에겐 연금이 아닌 다른 방법으로 보상해 줘야 연금법에 신뢰가 쌓인다. 개혁은 개혁 주최의 희생 없이 절대 성공할 수 없다는 것을 알았으면 한다. 한 번에 모든 분야를 개혁할 수 없다면 청사진을 제시하여 정권이 바뀌더라도 모든 국민이 노후에 기본 의식주만이라도 해결될 수 있게 확실하게 했으면 한다.

새로운 법을 만들 땐 신중히 차근차근 미래를 예측하고 신중히 해야 한다. 인기 위주 정권 유지를 위해 임시방편으로 큰돈이 필요하다 해서 미래를 예측 않고 국민연금법처럼 만들면 큰 화근이 되어 나라 망친다. 시간이 가면 또 바꿔야 한다. 바꾸려 하면 시끄럽고 신뢰만 깨진다. 너무나 아쉬운 것은 14, 5년 전에 나라를 믿고 가입한 공무원들이 불입한 연수만큼은 당시의 법을 적용한 뒤 국민연금과 통합을 했어야 한다는 것이다. 아니면 미래 세대가 부담하지 않도록 확실히 개혁했어야 했다. 당시 모든 국민들께 국민연금을 선전하여 들게 해 놓고(교묘하게 본인들은 인심을 얻은 뒤) 이제 와서 국민을 선동하여 오래 전부터 시행해 온 공무원 연금과 국민연금을 통합하여 물타기 한다 하면 국론 분열은 당연히 일어나고 개혁이 잘 이루어질 턱도 없다. 나중이 되면 그리스처럼 책임자는 없고 고통받는 사람만 늘어날 것이다.

지금 국민들도 알 것은 알아야 한다. 공짜는 절대 없다는 것을! 70~80년대에 연금을 준다 해도 군 장기 복무하는 사람이 적었고, 부동산 가격이 오를 때 공무원 봉급이 기업체보다 상대적으로 적었으며, 노후까지 부정 축재하지 말고 안전한 생활을 하게 할 목적으로 연금제도를 둔 뜻이 클 것이다. 그것도 개인 의사와는 상관없이 강제로 징수했다.

국민이 국가를 신뢰할 수 없게 되면 복지국가는 될 수 없다. 연금법을 만들 당시의 가입자들에겐 원래의 법을 적용해 줘야 국가를 신뢰할 수 있다. 나라가 약속을 어기면 누가 국가를 믿으랴. 나도 연금법이 없었다면 노후를 위해서 개인 적금을 부어 부동산 투기를 했을 것이다.

내가 희망하는 교육

요즘 인문고 남학생들은 운동장의 체육 수업을 좋아하는 학생들이 너무 많다. 마치 30~40년 전 우리들이 들로 산으로 뛰어다니는 것을 좋아했던 것처럼…

교실에서 어떤 좋은 한두 가지 교육 방법으로 지도해도 먹혀들지 않고 흥미 끌기가 어렵다. 공부 머리가 포화된 듯하다. 다른 말로 하면 들로 산으로 다니는 공부가 부족하다는 뜻도 되겠다. 고도의 지적 머리로써 살아가기보다는 노작과 같은 단순한 활동적인 직업을 원하는 학생들도 상당히 많다는 것이다. 공연히 어른들이 지적 능력으로써 살아가게 유도하고 있지 않나 하는 생각을 지울 수 없다. 사회생활에는 연구와 고도의 지적 능력이 요구되는 직업보다 평범하게 배운 지식과 노작에 바탕을 둔 직업이 대부분이니 말이다.

교육은 홍익인간弘益人間이란 넓은 의미의 목적도 있으나 현실적으론 각자 살아가면서 닥쳐올 위기의 숙제를 무리 없이 풀 수 있는 능력과 올바른 선택의 능력이며, 아울러 자기 발견으로 개성껏 살아갈 수 있는 능력의 역할도 크다고 본다.

인생 60을 기준점으로 천복天福을 타고 나지 않았다면 대소의 차이는 있을지라도 위기와 많은 선택의 순간이 닥쳐온다. 무엇을 선택하는 가와 위기를 어떻게 푸는 가에 따라 생사生死와, 남은 인생의 행불행이 결정된다. 피할 수 있다면 피하는 것이 또한 교육의 능력이지만 위기를 피하기보다는 맞이하여 해결하는 것이 교육이리라.

교육은 다양성과 개성의 인정認定이다. 사람 얼굴에 눈, 귀, 코, 입 등의 역할이 있고, 닭은 닭의 삶, 오리는 오리의 삶이 있듯 오리가 닭처럼 살 수는 없고 눈이 귀의 역할을 할 수도 없다. 하게 해서도 안 된다. 다른 역할 속에 같은 운명이다. 코가 밉다 하여 코를 제거할 수도 없고 모두 혀가 좋다 하여 혀가 되게 해서도 안 된다. 지금 우리 교육은 모두 혀가 되려 하고 눈이 되려 하는 경향이 있으며 경쟁이란 핑계로 조화의 중요성을 강조하지 않아 안타깝다. 각 개인은 편하고 달콤함을 당넌 좋아한다. 장기간 준비하여 정당하게 신분의 변화와 행복 추구를 위해 배움에 투자하는 것은 매우 바람직한 일이다.

다만 다양한 경험, 건강한 정신과 신체, 자기 발견과 적성에 따른 노력보다는 일류 대학과 좋은 직업을 위해 청소년 시절을 보내야 하는 현실이 슬픈 일이다. 국가 전체로 보면 다양한 직업군을 형성하여 다양한 삶으로 다양한 행복을 찾도록 유도하는 것이 바람직한 일일 텐데… 어차피 우리는 외계인이 아닌 더

불어 살아가야 할 친구들이고 좋은 일이든 싫은 일이든 우리 중에 누군가가 해야 할 일인데…

정부가 심혈을 기울여야 할 일은 대학의 학생 선발 방법을 골백번 바꾸기보다는 힘들고 어렵더라도 본질을 바꾸는 노력을 완벽하지는 않을 지라도 해야 한다.

본질은 개성껏 살아갈 수 있는 사회 환경이다. 친구는 외교관이 되어 국위를 선양하는 동안 나는 친구의 구두를 기워 주어도 더불어 행복함을 느끼는 차별 없는 환경이다.

- 어떤 일을 하더라도 기본적인 의식주는 해결되도록 해야 한다.
- 봉급의 격차를 최대한 줄이고 학벌보다는 능력과 자격증으로 살아갈 수 있는 사회를 꾸준히 만들어 나가야 한다.
- 단계적으로 자기 발견과 개성의 중요성을 깨닫게 해야 한다.
- 정신이 물질을 능가하기란 쉽지 않지만 나물죽 한 그릇으로도 불행하지 않음을 깨닫게 하는 철학 있는 교육도 어릴 때부터 부단히 해야 한다.
- 도덕과 양심, 인류애, 국가관, 자연과 환경, 더불어 삶, 죽음, 꿈과 노력, 예술, 자유로움의 중요성을 알게 하는 기본 공통 교육이 필요하리라…

학교에서는 오전에는 필수 공통 교과를 이수케 하고 오후에는 철저히 자유롭게 각자가 선택해서 어떤 공부든, 체험 활동, 영어 심화, 과학 심화, 여행, 친구와 놀기, 부모님 일손 돕기, 봉사 활동 등 다양하게 문을 열어 두어야 한다. 오전 수업 후 종례하자는 것이다. 오후 수업은 관공서, 본인의 학교, 이웃 실업계, 인문계, 외국어계 학교, 시장통, 기술 학원, 마을 등등 모두가 공부의 장이 되게 하자는 것이다. 자기를 발견하게 하여 일찍부터 직업과 연결되게 해야 한다. 3년 동안 졸업에 필요한 선택교과의 단위수를 최소한으로 정해 주고 각자의 역량에 따라 유동성 있게 검증 후 생활기록부에 기록하면 된다.

학생들을 무조건 놀게 하자는 것이 아니고 학생들에게 자율권을 많이 주어 각자 개성에 맞는 공부와 체험을 할 수 있게 하자는 것이다.

처음에는 본인의 학교에서 오후 수업을 받는 학생이 많겠으나 점차 다양한 장소에서 다양한 공부로 확대하면 부작용이 적어지리라.

학교생활이 즐겁고 피동이 아닌 능동적인 청소년 시절을 보내게 해야 한다. 지금처럼 좋은 대학과 좋은 직업을 얻기 위한 봉사 활동과 스펙의 준비는 많은 청춘들에겐 애처롭고 아까운 시간들이다. 좋은 대학 좋은 직업의 정원은 이미 정해져 있고 지나간 청춘은 다시 오지 않는데…

_ 2013년 6월 20일,
대학 입시에 스펙을 강조하는 말을 듣고.

내 자신이 교육을 함부로 논할 자격도 능력도 없고, 부끄럽다. 다만 제도와 어른들의 생각 때문에 즐겁게 보내야 할 청소년 시절을 바르게 놀지도(놀이도 지도가 필요) 못하고, 열심히 일할 나이에 일도 못하는 피해자가 생기는 현실이 안타깝다. 대학 입시 제도가 과거보다는 많이 발전한 것은 사실이다. 그러나 아직 청소년 시절부터 좋은 대학, 나쁜 대학, 좋은 직업, 나쁜 직업의 구별보다는 내 적성에 맞느냐 그렇지 않느냐에 비중을 두는 교육과 차별 없는 사회 환경이 되길 바라면서 무덥고, 짜증나고, 지난 일이 후회스러워, 스트레스 풀기 위해 내 멋대로 써봤음. 세상일을 무 자르듯 할 수도, 되지도 않겠지만 교육의 방향만은 누가 교육을 맡더라도 일관되게 제시했으면 하는 바람으로…

이제 교육의 방향은 지구상의 모든 생물이 서로 연결되어 있음을 먼저 깨닫게 하고 나의 개성과 장단점을 발견하게 하며, 전체 속에서 나의 위치와 어떤 역할이라도 해야 함을 먼저 가르쳐야 하리.

마지막으로 인류와 많은 생물이 더불어 살기 위해 경쟁보다 부단한 노력이 필요함을 가르쳐야 한다. 경쟁에 이긴 자는 져 주는 자가 있었기 때문임도 깨닫게 해야 한다.

조금만 시차를 두고 보면 나 혼자 좋은 대학 가고, 나 혼자 잘 먹고, 나 혼자 잘살 수 없음을 곧 알 수 있으리라. 이제 모두가 대학 나오니 대학 졸업해도 별 볼 일이 없고, 모두가 공부(학교 공부) 잘 하면 공부 잘 해도 별 볼일이 없다. 앞으로 교육의 방향은 반드시 개성껏 모두가 함께 살 수 있는 데 초점을 맞추어야 한다. 좋은 대학을 가기 위한 스펙이 아니라 장래 자기 적성의 탐색과 직업의 숙달을 위한 스펙이 중요하지 않겠는가?

조강지처 糟糠之妻

옛날 옛날에 가난한 선비 살았는데
멀리서 친구 방문하니 땡전 한 푼 없는 선비
접대할 일 태산인데. 이것이 웬일인가?
신통방통 선비 아내 술상을 차려 왔네
아껴 기른 머리 팔아 술상을 차려왔네
끼니 없는 선비 아내 술상을 차려 왔네

아껴 기른 머리 잘라 술값을 대신했네
자른 머리 가린 자태 하늘 천사 비교하리
이와 같은 고운 아내가 조강지처라네
이런 아내 내친다면 하늘이 용서하겠는가?

_ 2013년 9월 4일

조강지처란 거친 음식을 함께 먹어 가며 힘들게 살아온 아내를 말한다. 이혼율이 증가하는 요즘도 조강지처는 많다. 시장에서 2~3천원어치 콩나물을 사 와서 남편 끓여 주는 아내, 10년 20년 부은 적금으로 15~20평 빌라를 구입한 뒤 파리가 미끄러지도록 구석구석 닦는 아내, 세탁물 쌓아 두지 않고 제때 제때 빨아 주는 아내… 이런 아내들이야말로 현대판 조강지처가 아니겠는가. 어찌 이런 아내와 이혼을 할 수 있겠는가? 조강지부糟糠之夫가 있다면 이런 아내를 제대로 알아보는 남편이 조강지부일 것이다. 세상이 아무리 변해도 변해야 할 것과 변하지 말아야 할 것은 존재한다.

노인老人

이끼 세월 동안 뭐라도 먹어 왔고

심장은 잠시도 멈추지 않았다오

주름 세월 동안 무슨 일이라도 해 왔으며

긴긴 세월 동안 고비 고비 넘어 왔소이다

식품의 박사요, 건강의 박사이며, 직업의 박사요

위기의 박사를 감히 어느 젊은이가 무시할 수 있겠는가?

실전實戰의 시인이요, 철학자요, 예술가를…

_ 2013년 10월 8일,

전철 칸에서 노인께 대드는 젊은이를 보면서.

80세 노인이라면 최소한 50년간은 사회를 위해 무슨 일을 해 왔을 것이고, 어마어마한 세월의 무게를 견디며 파란만장한 삶을 살았을 것이 분명하다. 사람에 따라 다소의 차이는 있겠지만 대부분 노인 분들을 나는 진정한 박사博士라 칭하고 싶다. 쟁쟁한 많은 유명 인사들과 좋은 대학 박사들도 자기 관리가 안 돼 젊은 나이에 도태되는 경우가 많은데.

나이 들어감에

베풀고, 버리고, 비우는 연습해야 하리

가진 것, 쌓은 것, 얻은 것 모두 모두

언젠가 내 육신까지 모두 모두

그래야 이 우주 공간으로 훨훨 날으리

가볍게, 자유롭게, 아름답게…

_ 2013년 11월 5일.

나이가 들수록 시간이 너무 빨리 지나감을 절감한다. 보약을 먹고 아무리 운동을 한들 어찌 나이까지 젊게 할 수 있겠는가? 사람에 따라 생각의 차이는 있겠으나 늙은이는 늙은이의 할 일이 있고, 젊은이는 젊은이의 할 일이 있다고 나는 본다.

나는 나이만 먹었지 덕도 없고, 가진 것, 쌓은 것도 별로 없으니 어쩌나…

아직 연을 맺은 사람들과도 해결 안 된 것이 많이 남았는데.

가장 가까운 사람으로부터 버림받고 미움받고 천시당하기 전에 알아서 베풀고, 버리고, 비워야 덜 섭섭하고 덜 억울하리. 늙기도 서러운데.

이상한 일본인의 선조들

백두대간 큰 바위마다 쇠말뚝을 박다니
전설의 고향인가? 꿈인가? 생시인가?
이웃 나라 정기를 쇠말뚝 박아 빼겠다니
한민족 정기가 말뚝 박는다고 빠지겠나?
남의 나라 기운을 말뚝 박아 없애겠다니

어찌 이런 생각을 하는 인종이 있었을까?
짐승인지 사람인지 알 길이 없네
후손들의 유전자가 걱정스럽네
이상한 동물로 변이되어 강릉 앞바다로 헤엄쳐 올지?

_2013년 12월 27일.

독일은 선조들이 일으킨 전쟁의 잘못을 후손들이 뉘우치고 화해했는데, 일본의 아베 총리 내각은 전혀 다른 생각을 하고 있는 듯하니 앞날이 참으로 걱정스럽다…

신용카드의 부정적인 면

이혼율 증가에 기여 물건

자살율 증가에 협조 공신

살벌한 경쟁 사회 유도 공신

정신 차리지 않으면 물질의 노예증…

_ 2014년 1월 20일.

연초부터 국민, 농협, 롯데 카드사의 개인 정보 유출로 온 나라가 시끄럽다. 신용카드는 수입 지출에 분별력, 자제력이 있는 사람들에겐 편리한 물건이지만 그렇지 못한 사람들에겐 위험한 물건이다. 무턱대고 길 가는 사람을 세워 놓고 만들어 주는 물건이 아니다. 현금카드라면 몰라도…

하늘이 무섭다

아이구 하늘이 무섭다
할아버지 증조할아버지 고조할아버지
고고고…조할아버지 때부터
나를 관찰, 기록, 듣고 있고, 보아 왔다
말없이 말없이 지금도 내일도…
촘촘하기 이를 데 없어 어느 누가 빠져나가리
하늘 아래서는 그 밑에서는

생업에 어리석어 보지 못한 새
시차가 달라 느끼지 못할 뿐
인과응보因果應報는 늘 있어 왔다
하늘 아래서는 그 밑에서는
아이구 무섭다. 하늘이 하늘이…

_ 2014년 1월 23일.

생물의 유전자는 어버이로부터 계속 이어져 오고 있다. 그 유전자가 내 행동의 결정과 운명에 영향을 끼치는 한 요소로 작용하며 이어져 온 것이다. 내가 태어나 지금까지 행한 것들이(나의 60조 이상의 세포를 하늘은 늘 보고 있었다) 지금 내 모습의 결과이다. 만일 다른 모든 조건은 같고 혈액형 한 형질의 유전자만이라도 A형이 아니고 B형이었다면 다른 선택과 다른 행동을 했을 것이고 지금 내 모습이 아닐 것이다. 지금 이 순간 내 행동과 말 한마디가 내 생애는 물론 수천 년 뒤 후손에까지 영향을 끼친다면 어찌 하늘이 두렵지 않겠는가… 지금의 위치에서 최선의 노력과 최선의 선택을 하는 것이 진리이리라.

돈

한없이 좋은 물건

너무나 나쁜 물건

유치 때부터 배우지 않으면 알기 어렵고

초등 때부터 훈련치 않으면 깨닫기 어렵다

돈 없어 불행치 않을 능력도 길러야 하고

돈 있어 즐길 줄도 알아야 하지만

땀, 고통, 구속 없이 돈 벌기 어렵다네

그 진리 뼛속까지 습관화해야 하리

유치 때부터… 초등 때부터…

_ 2014년 3월.

그 좋은 돈 때문에 죽은 사람도 많다. 그러므로 나쁜 물건일 수 있다. 돈 때문에 불행해지지 않으려면 어릴 때부터 돈을 올바르게 융통하는 능력을 길러야 하리.

의사님도 데모하네

한때는 황금 열쇠, 좋은 직업, 잘난 사람

학교에선 공부 잘해 의사님 되었는데

사회에선 의사님도 데모하고, 집회하네

돈 때문에 데모하고 먹고살기 힘들다네

대형 병원 바글바글 환자들은 넘치는데

갈수록 적자라니 제도의 문제인가 사람의 욕심인가?

개울 건너 젊은 할배

질긴 고기 씹으려고 임플란트 금이빨

고가高價 장비 들이대어

갈 때마다 사진(x선) 찍고 갈 때마다 신경 마취

때우고 박았는데. 우연의 일치인가 3년 뒤에 암癌 걸렸네

병 주고 약 주고 치료하고 병 주네

고가高價 장비 좋은 장비 그 비용은 누가 대랴

아말감 삼뿌라 20년 전 때운 이빨

장비에 의존 않고 경험으로 치료하고

실력으로 때운 이빨 아직도 쓸 만하네

그 시절이 그립고 그 의사님이 존경스럽다

_ 2014년 3월,

의사님들이 집회하고 데모하는 것을 보고…

잘 아는 병이라면 과도한 장비 사용과 의약 남용을 말아야 한다는 얘기다.

젊을 때 치아 관리 못해 후회스럽다. 치과에는 가야 하는데 돈은 없고 그동안의 수십 번의 x선 사진, 신경 마취로 정상 세포마저 돌연변이로 변할까 겁도 난다. 아직도 의사는 좋은 직업군에 들지만 옛날보다 많이 다른가 보다. 내가 어릴 적에는 허리가 아프고 어린애가 경기 들면 재를 넘어 침구사 할아버지를 찾아갔다. 치료하고 나서 그냥 나오기 미안하면 봉초 담배 몇 봉 드리고 인사했던 기억이 난다.

잘 먹느냐 잘 먹지 못하느냐는 능력의 차이라지만 먹느냐 먹지 못 하느냐는 다르다. 어느 사회든 개개인의 의식주는 해결되는 사회가 되었으면 한다. 그리고 돈이나 수능 점수보다는 적성 따라 직업을 선택하는 학생들이 많이 나왔으면 한다. 허준 선생님이나 이제마 선생님이 지금 계셨다면 의과 대학에 합격할 수 있었을까?

몇 해 전에 형님이 폐암에 걸려 돌아가셨다. '이래사'란 단 한두 알의 약을 투약하고 깨어나지 못해 돌아가셨다. 암 때문에 돌아가신 것이 아니다. 약 때문에 깨어나지 못해 돌아가셨다. 의료사고다. 주치의도 아는 사실이다. 사람이 암이 걸렸다 해서 금세 죽는 것은 아니다. 조물주는 대부분 삶을 정리할 시간은 준다. 치료가 어렵다는 것도 알지만 너무 허망했다. 멀쩡한 맨 정신에 병원 왔다 말 한마디 못하시고 돌아가셨으니 말이다. 딸린 식구들은 생업에 바빠 고발이고 자시고 할 여유도 없다. 고발한들 무슨 득이 있겠나? 나도 생물이 전공이라 어느 정도는 안다. 아주 오래전에 제약 회사도 잠깐 경험했고 민간 자격증이지만 약초 관리사, 침구사 자격증을 딴 일도 있다. 특별한 약을 쓸 때는 신중히 그 사람에 맞게 써야 한다. 반 알이나 삼분의 일 알을 먹게 한다든가, 한약과 병행하게 한다든가, 아니면 자연 치유 등등… 더 신중히 해야 한다는 것이다. 정확한 데이터를 얻기 위해 하겠지만 모든 환자분들께 일률적으로 혈액 검사하여 혈액 속에 조금이라도 생약 성분이 남아 있으면 투약을 하지 않는 것도 신중하게 결정할 문제다. 환자에 따라서는 그 과정에서 오히려 면역력을 떨어뜨려 치료 기회를 놓칠 수도, 수명을 단축할 수도 있으니까 말이다. 의사마다 병원마다 근무 여건이 다르고 실적에 구애받는 의사님들도 많이 있을 것이다. 의사님들께 경제적인 대우가 힘들다면 연구 시간만이라도 충분히 배려하여 훌륭한 의사님들이 많이 나올 수 있는 병원이 되었으면 한다. 돈 때문에 의사가 된 사람보다 고통받는 생명을 구제하기 위해 의사가 된 분들이 훨씬 많다는 것을 믿기 때문이다…

어김없이 봄은 오는데

연연年年이 어김없이 꽃바람 불어오면
까마득한 일 어제 일처럼 가슴에 파고드네
커다란 봄날이 있는 줄 내 알고
환갑이 다 되도록 봄을 찾아 헤맸지만
아직도 그 봄은 찾지 못하였네…

해마다 어김없이 봄바람 불어오듯
인생의 봄도 돌아오면 좋으련만
주름만 쌓여 갔지 봄은 돌아오지 않네
난難해한 인생 숙제 근심되어 남았는데
교정校庭의 철쭉꽃은 더욱 화사해 보이고
학생들 웃음소리만 싱싱히 들리구나
아… 혹시나 함께 있는 이 찰나가 내 봄이 아닐는지?
원통해도 절통해도 어쩔 수 없이
그 마음 그 생각 지워지지 않네
오늘 따라 늦 벚꽃 비마저 왜 이리 흩날리나…

_ 2014년 4월 11일, 환갑이 되는 해.
유난히 봄이 빨리 찾아와 꽃들이 빨리 핌.

세월호의 슬픈 통곡

하늘도 울고 땅도 울고

바다 물살은 그날따라 왜 그리 빠른지

너희들 절규 들으면서

너희들 공포 뻔히 알면서

갈팡질팡 우왕좌왕

이런 어른들이 어디 있나?

구해 준다 기다리라 해 놓고

헬리콥터 첨단 장비 오면 뭣하나

제 살기 바빠 타이밍을 놓쳤는데

아, 얼마나 무서웠드냐

미안하다…

미안하고…

미안하다…

잘못했다…

어른들 모두…

_ 2014년 4월 16일. 08시 57분경.
경기도 단원고 학생을 실은 세월호가 침몰하여
300여 명이 희생되었다.

고인들의 명복을 빌고 가족 분들께 위로를 전합니다. 어른들 모두의 책임을 통감합니다. 소속 집단의 이익을 위해 융통성을 핑계로 원칙을 져 버리지 말아야 한다는 걸 알았고 유비무환有備無患의 중요성도 크게 깨달았습니다… 잘못됨이 오래 지속되면 그 순간은 속일 수 있을지라도 자연과 우주의 흐름은 절대 속일 수 없습니다. 반드시 그에 따른 결과를 초래합니다. 나도, 너도, 사회도, 국가에게도…

나의 참스승

내 스승님은 공맹孔孟도, 불경도, 성경도
아닌 행동으로 보여 주는
지렁이, 냉이, 모기, 강아지풀…

비 온 날 분수 모르고 방방 나왔다 햇빛에 말라죽는 지렁이
운 없어 보도블록 틈새 끼어 밟히면서
꽃피워 임무 완수하는 냉이
몰랑한 살 만나 욕심 부려 빨다
어느 손바닥에 즉사하는 모기
토실한 씨앗 안고 가을바람에 머리 숙여
감사感謝할 줄 아는 강아지풀
이들의 학식과 모범은 도서관을 채우고 남으리
어느 석학碩學이 이들을 따라가리
어느 경서經書가 그들을 따라가리

_ 2014년 4월 30일, 비 온 뒤 화창한 봄날.

지능이 높을수록 본성대로 살기가 어려운 듯하다. 물론 우주의 절대 진리를 누가 알겠냐만은. 지능이 높다, 높지 않다는 것도 사람들의 판단일 뿐이다.

가장家長의 큰 욕심

일터에선 적은 봉급 따박따박 나오길 희망하며 살 뿐이고
마누라 바가지는 긁더라도 쪼개 쓰며,
아껴 쓰며 살아 주면 고마웁고
자식들은 머리대로 능력대로
아무 일이나 밥벌이하면 만족일세
딸린 식구 모두 모두 생긴 대로 모양대로
밥 잘 먹고 변便잘 보고
하루하루 소박하게 작은 걱정 희망 안고 살기 바랐는데
이 정도의 가장家長 욕심 당연지사 아니냐고 믿고 믿었는데
이 정도의 욕심도 성현 말씀 탐독하여 고심 끝에 얻었는데

살다 보니 이 욕심이 얼마나 큰 욕심인지?
살아 보니 이 욕심이 얼마나 힘들고 어려운 일인지?
30년 고행 끝에 뉘우치며 깨달았네
가장의 길은 정말 어려우이
가장의 길은 도道 닦는 길이었네

_ 2014년 5월 7일.

역대 어느 대통령 중에 누군가 보통 사람의 시대를 열겠다 했습니다. 해석에 차이가 있겠으나 보통이 되려면 최상과 최하의 생활을 알아야 하고 중용의 도를 알아야 되니 쉬운 일이 아니지요. 성공했다면 지금처럼 큰일들이 안 일어나고 미혼 남녀들도 증가하지 않았겠지요. 사람도 생물이라 서식 환경을 보고 종수를 조절하니 결혼률로 인구수를 조절하고 있다고 봐야겠지요. 딸 셋 가진 부모는 화냥년 보고 웃지 말고 아들 셋 가진 부모는 도둑놈 보고 웃지 말라 하셨습니다. 아무튼 모든 생물에 있어 어버이의 길은 어려운 길입니다. 어버이날에 즈음하여…

우리들의 삶

죄는 지은 대로 공은 닦은 대로
태곳적 전설을 가슴에 품은 채
하루하루 오늘내일 밥 먹으면 그게 행복
뭇 사람들의 팔자는 대개가 대동소이大同小異
말기 암도 친구 삼고
캄캄 절벽 우환憂患도
땅 꺼지는 한숨도
모두 모두 함께 사는 이웃이고 벗이로다
틈틈이 하하 웃고 주는 대로 먹으면서
틈틈이 즐기고 살 때까지 살면 된다

재 넘고 산 너머에도 이상향은 없고

내川 건너 강 건너에도 무릉도원은 없더이다

오늘 이 자리 지금 이 순간이 나의 도원桃園일세

죄는 지은 대로 공은 닦은 대로 그 마음 잊지 않고

그날그날 땀 흘리다

흘러가는 구름 보고 잠시 잠깐 마음 쉴 때

힘겨웠던 일 회상하면 소리 없는 벙긋 웃음

이게 행복이고 이게 우리들의 삶이로세

지은 업 소멸되는 날 훨훨 날아가면 되리

삶은 힘들지만 아름다웠노라고 하면서

하면서…

_ 2014년 6월 23일, 깜짝 놀란 만한 전화를 받고…

아주 오래 전 어머님께서 죄는 지은 대로 공은 닦은 대로 간다는 말씀을 자주 하셨다… 그리고 아무리 힘든 일이라도 대 우주는 자기 힘으로 이겨 낼 수 있을 만큼의 고통을 준다고 했다. 어떤 어려움도 포기하지 않으면 해결되리란 걸 나는 믿는다. 매사에 있어 순리대로 정도正道를 간다면 두려울 것도, 억울할 것도, 원통할 것도 없다. 내가 행한 것들과 운명까지 받아들이면 된다. 평지에서 자란 소나무보다 바위틈에서 고통스럽게 자란 소나무가 더 멋스러워 분재盆栽 감이 되듯 사람도 보드라운 손으로 늙기보다 억세고 투박하게 고통을 감내한 손으로 사는 것이 더 멋스럽고 많은 얘기를 간직한 아름다운 삶이 아니겠는가?

힘든 사람들에게

버리세요

창피함도 자존심도

모두 모두 버리세요

그래도 아니 되면 아끼던 물건도

사랑하는 사람까지도

버리고 또 버리세요

생각도, 마음까지도

처음 왔을 때처럼 될 때까지

분하고 억울하겠지요 그것도 버리세요

아주 오래전에 내가 모르는 빚이 있었다고?

생각하고 또 생각하면서

어차피 빈 몸으로 혼자 왔잖소

그리고 다시 시작하세요

살아 있을 때까지…

_ 2014년 7월 2일, 맘이 안정되지 않고 불안한 날.

내가 아무리 선하게, 열심히, 성실히 살아도 생태계와 사람 사는 세상은 내가 바라는 대로 되지는 않는다. 모든 사람이 바라는 대로 되면 세상이 정지되고 생태계는 죽은 생태계가 되고 만다. 마누라와 아무리 싸우지 않으려 해도 싸울 일이 생기니 참 희한한 게 인생사다. 누군가 암과 같은 무서운 병에 걸려야 병원 의사님도 살고 제약 회사 관계자들도 분주히 살아간다. 고양이는 쥐를 잡아먹거나 참새 알을 먹어야 새끼들을 키우며 행복하게 살 수 있다. 그렇기에 활기찬 세상이 되고 활동적인 생태계가 된다. 한쪽은 불행해져야 다른 생물들이 행복해진다는 것이다. 이런 것이 다 세상 이치다. 우주의 절대자는 누구에게든 살아가는 동안 줄곧 행복만을 주지는 않는다. 주어서도 안 된다. 다만 내게 불행이 왔을 때 내가 감내할 수 있는 불행이길 바랄 뿐이다. 행불행은 살아가는 동안 서로 주고받는 한 요소일 뿐이다. 또한 살아간다는 것은 다른 생물들을 먹는 것이다. 무서운 말로 하면 다른 생물을 죽여야 한다는 것이다. 닭, 감자, 고구마도, 멸치, 오징어도 모두가 생물들이다. 많이 먹을수록 업을 많이 쌓는 것이고 갚아야 할 빚이 많은 것이다.

60세 넘어 좋아한 한시漢詩

와우각상쟁하사蝸牛角上爭何事

석화광중기차신石火光中寄此身

수부수빈차환락隨富隨貧且歡樂

불개구소시치인不開口笑是癡人

달팽이 뿔 위 같은 좁은 이 세상 무슨 일로 다투는가?

부싯돌 불빛 같은 찰나의 순간에 기탁한 몸인데

부유하면 부유한 대로 가난하면 가난한 대로

즐겁게 살면 될 것을

입을 크게 벌려 웃지 않는다면

이 또한 어리석은 사람이 아닌가

_ 2014년 7월 10일,

백낙천白樂天의 대주對酒, '술을 마주하고'라는 시다. 체질상 젊었을 때는 술을 잘 마시지 못했는데 나이 들어감에 조금씩 마시다 보니 꽤 늘었다. 마음 맞는 벗과 인생을 얘기하며 마실 때면 아주 좋은 음식임을 알 듯하다. 이태백, 두보, 도연명(송대宋代), 백낙천… 당대의 대 시인들도 말년에는 술로 한세상을 살다 간지 모르겠다. 우리보다 먼저 인생을 경험한 이들의 느낌은 정확했고 배울 가치가 충분하다.

그러나 조화를 잃지 않고 감정을 조절하는 것은 옛날이나 지금이나 중요하다. 지금 내 나이인 환갑을 전후하여 시인들 모두 다른 세상으로 갔는데 인생을 긍정적이고 낙천적으로 본 백낙천만이 75세로 가장 장수했다. 힘들겠지만 나름대로 스트레스를 덜 받으며 생활할 수 있는 지혜 터득이 중요하리라.

60년 이상 살아온 생물에겐 절개니, 지조니, 사랑, 미움, 원망 등등도 모두가 구속이 아니겠는가? 하하하하하하…

여자女子

물장수

깊이를 알 수 없는 야릇한 단물 장수

만물 소생 원천의 아름다운 꿀물 장수

그러나 물 다 떨어져 봐야 참 아름다움 알 수 있지…

_ 2014년 8월 14일,
가까운 사람이 바람을 피웠다는 얘길 듣고.

청춘은 누구에게나 잠시 머물다 지나간다. 그리고 사람 속을 알기란 참 어렵다. 여성은 더욱 어려운 듯하다. 옛날 어머님들은 아버지가 외도를 해도 분하고 분하지만 나중의 참 인생과 큰마음으로 가정을 지키며 당당히 자식들을 길러 건전한 사회인으로 배출시킨 분들이 많았다. 그런 위대한 어머님들 덕분에 우리가 먹고 살았다 해도 과언이 아니다. 옛날보다 덜할지는 모르지만 지금도 훌륭한 여성들이 많다. 그 비율만큼 많은 사람들이 행복하게 산다고 나는 믿는다.

닥쳐올 미래는 어떤 세상이 될까? 물론 아버지도 외도하지 않고 돈 잘 버는 세상, 많은 가정이 무너지지 않는 세상이 되길 바라지만 과연 그런 세상이 잘 오겠는가? 혹 또 다른 좋은 세상, 뒤죽박죽 섞이는 세상, 네 것 내 것 구분 없는 세상이 오진 않을지?

사람의 유전자(DNA)는 절대로 인간 중심의 도덕과 양심적으로 진화하지 않았다. 다른 동물과 마찬가지로 멋진 남자나 여자를 보면 안기고 싶고, 뽀뽀하며, 바람피우고 싶어 하도록 진화했다. 다만 후천적인 획득형질인 교육을 통해 미래를 예측하고 자제하며 항상 줄다리기하면서 살 뿐이다. 그러하기에 요즘 세상에 이혼, 재혼이 좋다 그르다 할 수 있는 사람이 누가 있겠는가? 한 30년 살아온 부부라면 헤어지고 싶은 고통의 순간과 일들이 숱할 것이다. 다만 각자의 팔자, 운명, 인연, 인생, 죽음, 사랑, 자식, 인간의 도리 등을 각자 고민하고, 판단하고, 결정하여 함께 살아왔을 뿐이지…

오죽하면 검은 머리가 하얀 파뿌리가 되었겠나? 다들 인생살이의 고통 때문에 가슴이 시커멓게 타 숯이 되었다가 그 숯덩이가 다시 타서 하얀 재가 되어 흩어진다. 대부분 우리 부모님 세대는 부부 연의 의미를 깨닫고 이런 힘든 삶을 살면서도 해로偕老하는 부부가 많았다. 지금처럼 헤어지는 부부가 많지 않았다. 야생동물 사회에서도 암수가 만나 짝짓기를 하여 종을 번식시키는 것은 기가 막힌 확률과 기가 막힌 인연 없이는 이루어질 수 없다. 하물며 사람이야 말하면 뭣 하리요. 사람의 첫 부부연과 순결은 각인되기 때문에 절대 의지대로 잘 지워지지 않는다. 심지어 노망(치매)이 들어 지구를 떠나는 순간에도 문득문득 첫 남자가 생각나 헛소리하는 노인들이 있다. 이것이 어떻게 함부로 끊을 수 있는 일이겠는가? 조병화 시인은 사람은 항상 헤어지는 연습을 하며 살아간다고 했다. 그것도 아름답게 헤어지기 위한 연습을 말이다. 부부가 처음 연을 맺어 검은 머리가 흰 머리가 되도록 고통을 감내하며 한평생 함께 살아왔다면 나는 이것이야말로 행운이고, 진정 아름다운 헤어짐이며, 세상천지 어디 내놓아도 손색없는 멋진 사랑이라 말하고 싶다. 다만 약속을 하고 지킬 줄 아는 사람이란 생물의 입장에서 본다면 말이다…

학생들께

혹시나 혹시나 학교 공부 잘 못해도
빈 가방만 들고라도 왔다 갔다 다녀다오

혹시나 혹시나 모의고사 잘 못 쳐도
친구들과 하하 웃고 힘차게 놀아다오

혹시나 혹시나 중간고사 잘 못 봐도
늦잠 지각하지 말고 제시간에만 다녀다오

혹시나 혹시나 기말고사 실수해도
교칙을 지키면서 끝까지 다녀다오

언젠가 재미있게 할 수 있는 일 찾거들랑
열심히 열심히 혼신 바쳐 하려무나
그래야 나중에 인생살이 사회 살이 할 수 있으리라…

_ 2014년 12월 23일.

2015학년도 수능 시험에서 생명과학Ⅱ와 영어 교과의 정답 시비로 시끄러웠는데 복수 정답 인정하고 무마된 듯하다.

수능을 변별력 중심으로 내다 보니 이런 일이 생긴다. 그 분야의 전문 연구 기관들과 박사님들도 우왕좌왕하는 문제를 학생들께 풀라 하니 말이 안 된다. 평생 생명과학을 가르친 나도 풀 수 없었다.

그러나 진짜 '문제'는 학생들의 인생을 성적만으로 점수 매기는 일이다. 학생들의 미래는 시험 성적만으로 끝나는 것이 아니다. 그런데도 불구하고 아직도 공부에 한 많은 어른들이 법을 만들고 사회를 주도하니, 비행기까지 스톱시켜 놓고 수능 시험을 치르는 기막힌 나라 환경이 되어 버렸다. 다른 친구를 이겨야 내가 행복을 누리는 환경이 어찌 쉽게 바뀌랴…

학생들아, 그래도 너희들은 친구와 경쟁하지 말고 일과 경쟁을 하거라.

각자 잘할 수 있는 일을 찾고 그 일과 경쟁하거라.

시험을 잘 보는 것도 특기와 적성이고, 못 보는 것도 특기와 적성이다. 모두가 시험 잘 보는 적성을 타고났다면 그거야말로 큰일이다. 학교 시험을 잘 못 보는 학생들도 쓰임이 있고 다른 할 일과 공부가 반드시 있다. 다만 그것을 찾도록 노력하고 받아들일 것은 받아들여야 한다. 주위 환경은 온통 시험 천국인데 그 와중에 공부하고 교칙 지키고, 친구들과 웃고, 힘차게 놀고, 지각하지 않고 끝까지 학교 다니기가 얼마나 고행苦行이고 내공 쌓기인가. 그래도 배워야 할 공부는 배워야 한다. 험난한 사회생활과 나중에 가정을 지키기 위해서는 학창 시절에 배우지 못하면 남은 인생을 제대로 버틸 수 없다. 지금은 힘들어도 빈 가방 속에는 눈에 보이지 않는 참 지식이 쌓여 간다는 사실도 알았으면 한다. 영어, 수학, 국어… 등의 이런 공부만으로 전 인생의 행복을 보장받을 수는 없다. 행복은 간판과 고관대작과 같은 외형의 직장만이 아니다. 각자 내면의 행복이 더 중요하다. 사회 환경은 바뀌어야 하고 조금씩 바뀌어 가고 있다. 각자의 개성 인정과 다양화로…

신神께

당신의 뜻이 뭔지 나는 전혀 모르오.

당신이 준 머리만큼 사고思考하고

당신이 준 가슴만큼 포용하며 살 뿐입니다.

복福도 화禍도 고통도 주는 대로 받으리라.

나는 신이 아닌 인간이기에, 인간이기에…

그러나 언젠가 나도 신神이 되는 날

당신을 찾아가 물으리

그때 왜 그런 숙제를 주었냐고

물으리 물으리라…

_ 2015년 1월 12일.

나이 들어감에 따라 내 힘과 노력만으로 해결할 수 없는 엉뚱한 일이 생긴다.

보이지는 않지만 어떤 에너지(신神)의 존재가 있지 않나 하는 생각을 종종한다.

행복한 부부

장관 마누라면 뭣하고

회장 사모님이면 뭣하나?

낮이나 밤이나 항상 붙어 있는 튼튼한

내 신랑이 최고지…

미스코리아면 뭣하고

석박사면 뭣하나?

없는 돈에 단벌 바지는 칼날처럼

된장찌개 보글보글 끓여 주는

내 마누라가 최고지…

_ 2015년 3월 6일,

주말 농장에서 어떤 다정한 부부를 보고.

부부가 따로따로 논다면 부와 명예를 다 갖췄더라도 함께하는 부부보다 낫겠는가. 일부러 가난하게 살 필요는 없지만 없어도 행복해질 수 있다는 수준 높은 교육도 유치원 때부터 반드시 필요하리라. 청계천 다리 밑 움막집에서도 사랑도 있고 행복도 있었다.
찬란한 물질이 판을 치는 세상에 철학과 가치관이 정립되지 않고서 어찌 이것을 이해하기 생각만큼 쉬운 세상이랴. 인생의 막바지에라도 나를 아는 모든 부부들이 이해했으면 한다. 아니 내 마누라부터…

달빛

햇빛이 나오면 자리 내어 주고

있으면서 없는 듯이 나서지 않고

우리의 희로애락 다 비추어 주네

햇빛이 물러가면 은은히 나타나서

하면서도 안 하는 듯 내세우지 않고

우리의 인생사를 다 보듬어 주네

달빛이…

달빛이…

진달래 핀 뒷산 마루에 어둠이 내리면

아득히 먼 고향집 창가 찾아와

나의 슬픈 얘기

밤새도록 들어주고 울어 주었네

찬물 내기 무논에 오리 내려앉는 밤이면

까마득히 먼 추억의 창가 찾아와

나의 기쁜 얘기

밤새도록 들어주고 웃어도 주었네.

달빛이…

달빛이…

_ 2015년 3월 12일.

식물은 낮에(강한 빛)만 광합성을 하는 것이 아니라 빛과 관계없이 밤(달빛)에도 온도만 적당하면 광합성을 한다.

낮에는 광합성의 재료(ATP, NADPH)를 많이 만들어 놓고 빛이 없는 밤에 포도당을 합성한다. 무, 배추가 하룻밤새 무럭무럭 자라난 것은 이 때문이다. 또한 어리고 연약한 음엽은 강한 빛에서는 타 버리지만 달빛에서는 광합성을 한다. 이렇게 달빛은 약한 잎을 보듬어 준다. 지금까지 학교생활을 돌아보면 후회스럽고 부끄러운 일도 많았다. 별로 아는 것도 없으면서 이기적으로 내 생각만 주장했고, 어렵고 힘든 학생과 선생님들께 무관심으로 일관했고, 달빛처럼 따뜻이 보듬어 준 적도 많지 않은 것 같다. 앞으로 남은 삶은 여유롭고 달빛처럼 조용히 남을 감싸 주는 삶을 보내고 싶다. 또 내게 그런 환경이 되길 간절히 간절히 바라 본다…

사람과 청개구리

초판 1쇄 인쇄일 2016년 11월 8일
초판 1쇄 발행일 2016년 11월 15일

지은이 권중찬 權重讚
펴낸이 양옥매
교 정 조준경

펴낸곳 도서출판 책과나무
출판등록 제2012-000376
주소 서울특별시 마포구 월드컵북로 44길 37 천지빌딩 3층
대표전화 02.372.1537 **팩스** 02.372.1538
이메일 booknamu2007@naver.com
홈페이지 www.booknamu.com
ISBN 979-11-5776-306-1 (03810)

이 도서의 국립중앙도서관 출판시도서목록(CIP)은 서지정보유통지원 시스템
홈페이지(http://seoji.nl.go.kr)와 국가자료공동목록시스템
(http://www.nl.go.kr/kolisnet)에서 이용하실 수 있습니다.
(CIP제어번호 : CIP2016026824)